有爱的青春陪伴者

櫻慕松

著

孔學堂書局

图书在版编目（CIP）数据

难惹 / 樱慕松著． — 贵阳：孔学堂书局，2023.10
ISBN 978-7-80770-465-2

Ⅰ．①难… Ⅱ．①樱… Ⅲ．①长篇小说－中国－当代 Ⅳ．① I247.5

中国国家版本馆CIP数据核字（2023）第163776号

难惹 樱慕松 著
NAN RE

责任编辑：黄 艳
责任印制：张 莹 刘思妤

出　　品	：贵州日报当代融媒体集团
出版发行	：孔学堂书局
地　　址	：贵阳市乌当区大坡路26号
	贵阳市花溪区孔学堂中华文化国际研修园1号楼
印　　制	：长沙鸿发印务实业有限公司
开　　本	：880mm×1230mm　1/32
字　　数	：216千字
印　　张	：9
版　　次	：2023年10月第1版
印　　次	：2023年10月第1次印刷
书　　号	：ISBN 978-7-80770-465-2
定　　价	：42.80元

版权所有　翻印必究

目 录

第一章
没有撤退可言···001·

第二章
"比心"的方法有很多种···030·

第三章
电梯惩罚···052·

第四章
修罗场···077·

第五章
"自愿赠与"···107·

第六章
以身相许···128·

目 录

第七章
·150··· 我没有保护好你

第八章
·172··· 你真是我的绝世"外挂"

第九章
·193··· 深夜福利

第十章
·218··· 唐沅本沅

第十一章
·239··· 你喜欢细一点还是粗一点

第十二章
·255··· 我喜欢你

番外
·271··· 赢一次亲一下

第一章

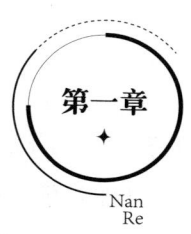

Nan
Re

没有撤退可言

这大抵就是女配的命运吧……向女主光环认输！

玩家已认证。

系统已绑定。

游戏加载中……

听到机械的女声,路茶睁开眼,发现自己正置身一个神秘空间内。周围被黑暗笼罩,只有面前类似于电脑屏幕的悬浮面板在发着莹莹光亮。她觉得奇怪,下意识想去触碰面板,却发现自己被套进了一个坚硬的壳子里,无法动弹。

不会是做梦被鬼压床了吧?

路茶皱皱眉,想着有什么办法能够让自己醒过来。突然,"叮"的一声,面板上跳出一行荧光字。

恭喜玩家成功进入《逆袭璀璨·人生》游戏。

游戏?

路茶想起来了。

她早上收到了一个快递,拆开后发现是游戏公司寄来的试玩设备。虽然不记得什么时候申请的试玩资格,但作为资深玩家,她还是兴致勃勃地参照说明安装好了软件,开启了游戏。没想到戴上VR眼镜的瞬间,她眼前白光一闪,接着大脑一蒙,再睁眼,就是这情况了。

她记得说明书上好像是写着"沉浸式"三个字,这难道不是指VR体验吗?为什么她的感受这么真实?好像真的如同一个游戏人物一般，不能够自由支配自己的身体？

路茶一头雾水，系统出来解答了她的困惑。

"玩家您好，我是本次的伴玩系统，您可以叫我小逆。《逆袭璀璨·人生》是一款沉浸式真人扮演的乙女攻略游戏，玩家通过扮演游戏内的角色推动剧情发展，完成全部任务即可通关。"

路茶听到"乙女游戏"几个字立刻来了精神。

这还不简单，最多一两个小时，别说剧情线，所有可攻略角色的恋爱线她都可以轻松搞定，完全没有任何难度。

系统还没说完："为了保证玩家的真实体验，本游戏与现实人生相同，没有读档重来功能，游戏中死亡即现实死亡，只有通关才可以回到现实世界。"

路茶的笑容僵在了脸上。

没有读档重来，要是选错了不就一条路走到黑，必死无疑？这算什么乙女游戏，分明是生存游戏吧？路茶也不傻，不管这个破系统是不是在危言耸听，她都知道这个坑一旦进了，就没有回头路。最保险的办法就是——

"我不玩了！我要退出！"

也不能说她怂，主要是现实世界里还有年纪挺大的老母亲等着她照顾。她进了游戏，万一老母亲磕了碰了晕倒了出事了怎么办？她这么孝顺的一个人，绝不允许这样的事情发生。

"对不起，本游戏暂不提供此服务。"

路茶："……"

她觉得系统是在逗她，一个游戏怎么可能没有退出键！可是她在

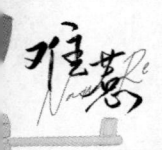

控制面板上来来回回找了好几遍,确实没有看到任何可供选择的按钮。难道她真的只有通关游戏才能回去吗?

系统并没有给她过多纠结的时间,控制面板一下子收缩消失,黑暗瞬间淹没了她。

意识重新归来时,路茶听到了一些声音,由远及近,如风一般迅速灌进耳朵里,一下子炸开。

她倏地睁开眼睛。

此时是夜晚,屋内屋外灯火璀璨,男男女女穿着礼服,举着酒杯,似乎是在参加某个宴会。路茶的大脑还处在空白的状态,她怔怔看着眼前的一切,觉得嘈杂无比。

对面走过来两个有说有笑的女人,其中一个路茶看着眼熟,却想不起来是谁。直到两人走近了,她才反应过来自己正站在路中央,赶忙往旁边让了一步。

错身的瞬间,她好像听到了一声嗤笑。

还没给她反应的时间,突然肩膀上传来一股推力,她的身子往旁边一歪,撞上了一个柔软温热的物体。

只听"扑通、扑通"两声,水花四溅。

池水铺天盖地地淹了过来,路茶下意识屏住呼吸,想划动几下,身体却又不受控制。正当她以为自己就要被淹死的时候,系统那个冷冰冰的声音响了起来。

"角色激活成功,女三号唐沅。玩家可在系统设置中查看角色资料和好感度。"

路茶屏着气。

心道怪不得游戏叫作《逆袭璀璨·人生》，敢情是要从女配逆袭成女主啊！真是毫不意外。

女主与您同时掉落泳池，您嫉妒她已久，请做出选择——

一、踹她一脚自己上岸；

二、向男主大声告知自己的位置；

三、和女主同归于尽。

路茶愣住了，难道没有一个正常的选项吗？

路茶艰难地权衡了一下，选择了第二个。再嫉妒也没到你死我活的地步，她可不想当那种愚蠢又不自知的恶毒女配。

做出选择的同时，路茶的身体恢复了活动能力。她赶紧划了几下，冲出水面朝着岸边挥手，大声喊道："江知禹，我在这里！"

当然，这一系列操作都不是她的本意。做出选择后身体会被控制，直到完成选项内容才能自由活动。

路茶的声音引起了岸上人的关注，很快有人脱了衣服跳入水中，路茶离得有些远，只能看到一个白花花的影子。

看来这个江知禹就是男主了。

路茶还在好奇男主的长相，白影已经朝着和她相反的方向游去，捞起了一个娇小的身躯。

系统提示音响起："因为您的呼唤，男主确定了女主的位置，将她救起。请您在十秒钟内游到岸边，不然会是BE（坏的结局）。"

路茶心想：这系统还真是"乐于助人"。

路茶连思考的时间都没有，立马游向离她最近的岸边。

　　岸边就在眼前，也不知道这角色的力气怎么这么小，路茶怎么划水都仿佛在原地徘徊，偏偏系统倒计时的声音就在耳边催命一样响着。

　　路茶顶着下一秒就会死亡的压力，终于在倒计时归零前触碰到了泳池边沿。

　　她刚想松口气，系统提示音又来了，硕大的红色感叹号在路茶眼前晃来晃去。

　　"角色力气不足，即将落入池中！角色力气不足，即将落入池中！角色力气不足，即将落入池中……"

　　好家伙，这根本就是不想让她活啊！

　　路茶眼前一片花白，扒着泳池边沿的手逐渐失去力气，身体也在下滑。

　　难道她真的开局就要死了？

　　这样的想法闯入脑海中，意识也渐渐抽离。

　　恍惚间，她好像听到了脚步声，沉稳有力，在向她接近。强大的求生欲让大脑恢复了一点思考能力，路茶挣扎着使出浑身力气，扒着池边向上一跃——

　　成功抱住了对方的腿。

　　衣服布料柔软冰凉，路茶死死拽着，大有"你不救我，我就把你拉下水同归于尽"的架势。

　　男人低下头，看着紧闭着双眼的女孩，微微皱了皱眉。

　　红色感叹号和警告的声音越来越大，在路茶以为自己真的就要这样结束游戏的时候，身子突然一轻，落入了一个有温度的怀抱中。

"叮！玩家获救，健康值恢复百分之五十。"

系统的声音都比刚刚雀跃了许多。

刚刚的一切仿佛是个幻觉，一切的不适感从她的脑中和身体中迅速退去。路茶缓了几秒，小心地睁开了眼睛。

灯光璀璨，人群吵闹，她还活着。

"还好吗？"

头顶传来一个富有磁性的、好听的声音，路茶心中一惊，推开了他的怀抱。

游戏归游戏，身体接触是真实的。路茶不习惯这么亲密的动作，哪怕这个人刚刚救了自己。

她的生命值没有完全恢复，推开的动作让她踉跄几下，稳住身体的姿势有些不雅。

对方倒是不介意，盯着她的发旋几秒，轻笑一声："看来是没事。"

路茶能够感受到头顶的目光，有种很大的压迫感。她听得出这是在调侃她，窘迫得红了脸，嘴唇动了动，小声说："谢谢。"

游戏里玩得再浪，也是角色，真遇到情况她立马怂掉。不然也不会"母胎单身"这么久，被老妈催着逼着相亲。

不远处是被男主救上来的女主角，她呛了太多的水，脸色苍白，刚刚苏醒，虚弱得像一朵被折断的白莲。所有人都围在那里，或焦急、或担心、或幸灾乐祸，还有一部分人是看戏。没有任何人在意另一名落水者的死活。

路茶想到自己是个女三号，觉得这些女配也是有些凄凉，光环和

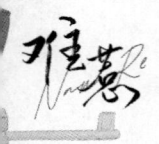

男主都是女主的,她们什么都没有。

这个想法刚冒出来,系统"叮"的一声:"恭喜玩家成功觉醒主角意识,只要完成任务,抢夺戏份,便可以晋升女主角,走向人生巅峰。"

话没什么问题,就是系统说这种话的语气怪怪的。

见路茶望着男女主的方向沉默不语,身旁的人以为她是失落。瞧着她还在滴水的头发和湿透的衣服,男人脱下外套搭在了她的肩膀上。

感受到肩膀上落下的温度,路茶一愣,有些莫名地看向他。

男人的眼神深邃,在夜色中辨别不出意图。

恭喜玩家解锁隐藏人物,季辞。具体人物资料可在系统设置中查看。

隐藏人物?

她这算是因祸得福吗?

系统跳出了选择框。

是否接受季辞的外套——

一、把外套丢在他脸上;

二、沉默不语;

三、把外套还给他。

路茶想着夜晚还是有些冷,风正毫不留情地吹着她湿透的衣服,肩膀上的温度太让人不舍,几乎没怎么想就选择了第二个。

男人可能是看她有些傻愣愣的,先开了口:"去换件衣服吧。"

季辞一提,路茶才想起自己现在别说衣服惨不忍睹,怕是连妆都花了。说不定在季辞眼里她现在跟女鬼一样,好感是不可能有的,怕只有同情吧。

顿时觉得脸丢大了的路茶顾不得什么男女主，一溜烟跑进了屋里。

根据系统的指引，她找到了属于女三号这个角色的房间。一直到关上了卧室门，将所有声音隔绝在外，她才真正松了口气。

濒临死亡的感觉太真实，路茶后知后觉腿有些软。她扶着床边坐在毛绒地毯上，感受着胸腔内的心脏逐渐平静下来，呼吸平缓，颇有一种劫后余生的庆幸。

也不知道这到底是怎么一回事，她竟然被卷到游戏中来了吗？还是性命攸关的那种。一个乙女游戏要不要搞得这么严肃啊？而且没有读档重来，她通关做选择靠什么？

运气吗？

路茶按照以往的经验，在右上角找到系统设置的面板打开。

整体看起来是和一般的乙女游戏一样的。一共有"人物属性""好感度""任务列表"三种选项。她挨个点进去找了找，果然没有退出键的影子，也没有"存档"和"读档"，英文也没有，死死堵住了她的后路。

这难道就是她以前玩游戏打太多差评的报应吗？

路茶深深叹了口气，不得不接受现状。

首先要了解人物。她打开了"人物属性"，面板上立刻跳出了她这个角色的资料。

唐沅，24岁，唐家"大小姐"。

性格：有心机。

能力：无。

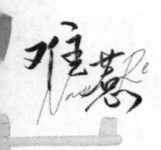

路茶:"……"

槽点太多了,她一时竟然不知道从何说起。

默然片刻,路茶决定拣主要的问。

"为什么大小姐三个字加了引号,我不是真的大小姐吗?"

系统提示音:"唐沅本是唐家以前保姆的孩子,在婴儿时期和真正的唐家大小姐(即女主)调换,狸猫换太子二十二年。近期唐家才将女主认回来,这场宴会就是庆祝此事。唐家碍于脸面没有将唐沅抛弃,但心里早已生了嫌隙,甚至把原本和江家的婚约人选改成了女主。唐沅也因此格外嫉恨女主。"

路茶揪着地毯的绒毛,嘴巴快要撇到太平洋。

现在的乙女游戏怎么都是这种套路,一点创意都没有。

大致了解了角色,路茶点开了"好感度"一栏。里面人物众多,已解锁的有男主江知禹、女主唐恋、女二号傅嘉莉、隐藏人物季辞。路茶挨个点开看了眼,只有季辞的资料最少,简简单单一句"季氏集团总裁,季氏当家人"。

路茶回忆了一下男人清冷的样子,忍不住心跳加速。不得不说,这游戏里的人物还挺帅的,很对她的胃口,完成任务之余多攻略一下也不会勉强。

念头一蹦出来,立刻遭到了系统的截杀。

本游戏目前未开放此功能。

路茶:"……"

她就是想想,又不是真的要做什么,至于这么紧张?果然隐藏人物用处多,小气的系统一定是怕她借此开挂。

而任务列表里只解锁了任务一——

在宴会上出风头盖过女主。

路茶一下子被难住了。说到出风头,女主作为主角出现,就已经使宴会达到高潮了吧?要她去抢女主的风头是不是有些太难为人了?

路茶在地上坐了好久,尾巴骨都开始发麻,也想不到什么好主意。也许是感受到了她的退缩之意,系统"滴滴滴"响了起来,声音刺耳。

"请玩家在五分钟内进行任务,否则将出现惩罚情节。"

说着,正上方出现一个小小的红色倒计时,时间一秒一秒在眼前消逝,想忽视都不行。

路茶虽然好奇惩罚情节会是什么,但想到刚刚差点死在水里,不敢冒险,利落地站了起来。

因为刚刚落入了水池,她需要换一身衣服,重新做个造型。再次出场的第一眼尤为重要,在一定程度上也可以吸引一些目光。

她打开衣柜的动作让倒计时停止,里面挂满的衣服却让路茶傻了眼。

不得不说唐家人真的是把唐沅当亲女儿来养的,衣物首饰都是名贵的牌子。就是唐沅这个审美……路茶知道她审美不怎么样,但也不能除了白色就是粉色,除了钻石就是珍珠,真以为自己是住在城堡里的公主了?也不是所有人穿上白色和粉色就会惹人怜爱啊!

路茶几乎把唐沅的所有衣服都拿了出来,逐一挑选,也没有找到一件衬得出她长处的,都是扬短避长。这大抵就是女配的命运吧,气质一般,性格恶劣,哪怕容貌再美,也会被人说金玉其外。

但她现在没时间考虑角色如何,这不受她支配。她得先打扮好自

己。如果出场不能惊艳,之后就会很被动,难道要她跟一只花蝴蝶一样满场乱窜吗?

正苦恼的时候,门口传来了响动。路茶略一思索,打开了一条门缝。

门外是一个穿着朴素的女孩子,路茶看到她的同时,她的脑袋上出现了一排荧光字体:

唐家保姆,夏夏。

不知道发生了什么,夏夏的神情很沮丧。

乙女游戏一大特点,就是没有平白出场的人物和不重要的情节。这或许是个机会。

路茶走了出去,问道:"夏夏,怎么了?"

粉白毛绒拖鞋出现在视线中,夏夏看到是她,一瞬的惊诧后,慌张地站直身子:"没、没事。"

路茶察觉得到夏夏有些怕她,估计是角色原本是个骄纵的大小姐,对旁人并不友好。想到角色人设不能崩塌,路茶没有柔声安慰夏夏,而是从地上捡起了纸盒。散开的纸盒里露出一些布料,她扫了眼,凭直觉判断,是礼服。

路茶想起女主也落了水,立刻猜到这是送给女主的,只是不知道为什么掉在了地上。

"怎么回事?"她的语气微沉。

夏夏胆子小,立刻和盘托出:"是夏夏的错,上来的不是时候,打扰了二小姐和江少爷的谈话,我不知道二小姐不喜欢红色,惹了她不开心。"

夏夏所说的和路茶猜测差不多,但话里话外怪怪的,路茶又说不出来哪里有问题。

她稍一皱眉，系统动作迅速。

对于保姆夏夏的态度——

一、察觉敌意；

二、没有感觉；

三、有点不舒服。

这三个选项都不是很准确。路茶想了想，选择了三。

角色属性，能力 +5。

路茶毫不怀疑，这种选项纯粹是为了送分给她，不论她选择哪一个都会有分数加，只是加多少的问题而已。

盒子里的礼服是红色，唐沅本身皮肤白皙，身材姣好，亮色系的礼服一眼惊艳，绝对比衣柜里一堆粉色白色更加合适。

此时出场的夏夏，果然是助攻。

任务进展顺利，路茶心情大好，将盒子盖上，拍了拍夏夏的肩膀。

"妹妹刚来唐家不久，你不了解也正常。她刚刚落了水，估计受了些刺激，脾气差了点，不是你的错。反正有江知禹在，她也不会缺衣服，这个我就带走啦！"

唐沅本身十分看重衣物首饰这类外在加持，头一次愿意捡别人不要的衣服穿。

夏夏也是头一次听到唐沅这样的语气，惊讶地抬起了头，对上唐沅清澈柔软的眸子，微微愣住。

等夏夏回过神，已经来不及阻拦，路茶带着衣服回房间了。

系统提示——

获得道具，礼服。

能力 +5。

戏份 +5。

礼服是露肩收腰款，长度及膝，衬得路茶腰细腿长，气质立马从"柔弱小白莲"变成"祸世的小妖精"。下楼梯的时候，她已经感受到一些热切的视线聚集过来。当然这也不单是她自己的功劳，主要还是角色的颜值足够添姿加彩。

仅仅这些是远远不够的，系统进度条才前进了百分之一不到。

路茶简单扫视了一下参加宴会的人，一些人的头上和之前的夏夏一样，出现了荧光字体，应该是故事中有用的人物。而其他没有提示的，大概率就是路人甲乙丙。这种情况下，自然是吸引那些有名头的人才能更快完成任务。

路茶的视线绕了一圈，仿佛是有某种牵引，她第一眼看到的并不是作为男主的江知禹，而是季辞。

季辞明明站在角落附近和别人交谈，却像是自带光环，不论走到哪里都能轻而易举吸引视线。除去路茶，其他人的觊觎目光也不在少数。

或许是她的目光太明目张胆，季辞心有所感，向她望了过来。四目相对，路茶听到自己的心跳怦怦两声。

季辞好感度 +5。

路茶一脚踩空，差点崴了脚。

这是什么情况？他不是不能够被攻略的吗？

系统装死不回复，路茶也懒得和它一个程序计较。或许是她的打扮惊艳到了季辞，改变了人物属性，促成了好感度的增加。

季辞只和她对视了一秒，便转回头继续和人交谈，仿佛刚刚只是一个意外。

路茶"啧啧"两声，换了衣服果然不一样，一眼惊艳的效果相当不错。这样一来，她倒是想到了一个完成任务的好办法，就是要委屈一下季辞做个工具人了。

唐恋、江知禹和唐家人在一起谈笑，其乐融融的氛围让路茶有些不忍心打扰。她犹豫着要不要上前打个招呼，忽然有人先一步叫住了她。

"阿沅。"

女人穿着合体的礼服，妆容精致，脸上的笑容有些假。

路茶对这个女人有点印象，就是泳池边看着眼熟的那位，和系统里的资料对上，是游戏里的女二号傅嘉莉。

和常见的女二号人设有些不太一样。傅嘉莉没有一个能够支撑她作为垫脚石的家世，所以常常躲在路茶的角色身后假装出谋划策，坐享渔翁之利。

请选择对待女二号傅嘉莉的态度——

一、热情；

二、敷衍；

三、奉承。

系统跳出来的时候路茶已经摆出了态度，没有犹豫选择了第二选项。哪怕两个人再熟，也是"塑料姐妹花"——这位女二号的资料里可写着暗恋江知禹。

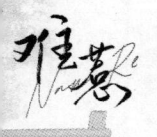

作为前情敌,路茶可以确定自己落水时感受到的嘲笑和推力不是幻觉。

不论傅嘉莉是真的把自己当成目标,还是纯粹用自己作为工具人,她们都不可能成为一个阵营。

见路茶神色淡淡的,不像往常那样热络,傅嘉莉心里有些打鼓,强行挤出一点微笑来关心她:"你没事吧?有没有洗个热水澡,别感冒了。"

路茶微微一笑:"你知道我落水了啊?"

傅嘉莉面色一僵,勉强维持笑容:"大家都看到了,你和唐恋一起落的水。江知禹也真是的,好歹你们两个从小一起长大,尽管现在未婚妻不是你了,也不能只救唐恋啊!"

感谢她的提醒,不然路茶都要忘记自己不是江知禹的未婚妻了。听傅嘉莉这个熟练的语气,平日里一定没少挑拨角色和唐家人之间的关系。

要是角色以前跟着傅嘉莉一起讨伐,再传一些话到男女主耳朵里……真的是借刀杀人。

但路茶不是角色,没那么容易被欺骗,对这类语气也敏感许多。

她拨弄了下手腕上戴着的链子,掀了掀眼皮,很是大度地说:"毕竟唐恋是他的未婚妻,他做的没什么不对。倒是你……"路茶刻意停顿了一下,在捕捉到傅嘉莉眼中的慌张后,笑了,"有看到推我的人吗?"

傅嘉莉肉眼可见松了口气:"有人推你?是谁这么狠毒,会做出这样的事?要是让我知道,一定不会轻饶了她!"

傅嘉莉煞有介事要为她伸张正义的模样让路茶觉得好笑。真把角色当小孩哄呢？怎么，这游戏里角色的智商取决于戏份的多少？

路茶心有余悸地拍拍胸口："是啊，确实很恶毒，我差点就上不来了。人命关天，要不我们一起去查查监控？"

"不用了吧，"傅嘉莉似是没想到她会有这个想法，脸色一变，不知道想到什么，连忙说，"阿沉，我想起来公司还有事情，我先走了，改日再聊啊！"

看着傅嘉莉落荒而逃的身影，路茶轻嗤一声："该不会是去删监控视频了吧？"

她才说没几句，人就跑了，胆子也太小了！系统这样设置是不是有些瞧不起人？她的确刚来到这个游戏世界，但也是"身经百战"之人，从没见过怼几句就跑的。与其这样，还不如直接换位给她，立绘都帮他们省了。

成为女二号需要个人戏份值达到130或者男主好感度大于100。

还真可以换位？

路茶点进资料看了一眼自己的戏份值——20。

"……"

就这水平还需要她再获得110的戏份才能踩掉女二号？系统就是在瞧不起她吧！这差得未免太多了些！

傅嘉莉这么一打岔，刚才的地方已经换了一拨人，唐家人和江知禹都不知道去哪儿了。路茶左右找了一下，只遇到了唐恋。

唐恋是最好找的一个人了，头顶的女主光环闪闪发光，如同一个

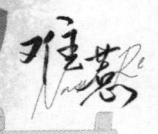

闪耀的灯球挂在半空,想忽视都难。别人看不到,路茶却差点被晃瞎眼睛。

这可是真女主啊!

唐恋瞧见路茶过来,态度并不是很好,说起话来阴阳怪气的,眼神里透着厌恶:"别找了!再找知禹哥的心里也只有我,你没戏了。"

路茶愣了一下,张开的嘴又闭上了。看来,平时角色没少围着男主转悠,说不定还做了什么让人讨厌的事情,才能让女主这么讨厌她。

路茶摇摇头:"我在找你。"

唐恋警惕起来,后退两步:"你又想做什么?"

"傅嘉莉推我下水连累了你,我很抱歉。"

唐恋完全不相信她:"别猫哭耗子演戏了,谁不知道你和傅嘉莉是好姐妹,她推你也是你指使的吧?爸爸和知禹哥也不在,你演给谁看?"

指使别人推自己下水,得是多狠的人才能想出来的招数?路茶想到之前在水中的濒死感觉,浑身一哆嗦。要是没有季辞,她真的就死了。

想到这儿,她下意识回过头在人群中寻找季辞的行踪,确定他还在之前的位置没动,并且可以看到自己这边的情形,她放了心。

唐恋说得没错,她确实是在演戏,但也是真心实意道歉的。路茶对男主的人设无感,不想和女主抢男人,比起爱恨情仇的戏码,她更想要抱女主的大腿。

她之所以找到唐恋也是因为女主光环可以帮助自己完成任务。

唐恋本身就是整个宴会的焦点,路茶想过了,只要她靠近唐恋,必然会受到同样的瞩目。想要盖过唐恋的风头，借唐恋造势是最好不过的了。所有人都知道角色不怀好意，注意力也会集中过来，方便路茶施展，表演一出"虚心道歉"的戏码。

事情的发展也如她所料，没说几句话，江知禹和唐家的人都过来了，周围人落在她们身上的目光也越来越多，都想要看看唐家这位"假千金"要如何挽回自己的颜面。

任务的进度条成功向前推进一大步。

唐父一看到路茶就皱眉头："阿沅，你又想干什么？"

路茶实在想知道角色以前到底做了什么事情，让这些人如此警惕自己，几句话而已，她又不能吃了唐恋。而且唐恋这么凶，显然也不是好欺负的。

路茶秀眉微皱，做出内疚的样子，试图引起同情。

"我是来给妹妹道歉的。本来今天是为了庆祝妹妹回家，结果却让我搞砸了，还连累妹妹落水。"

路茶的余光清楚地看到唐恋的嘴角抽了抽，是发自内心嫌弃她的这种表现。

但众人都看着，唐恋不能无故指责她是故意的，只得装出一副大度的样子，轻哼了一声："你知道就好！"

路茶暗想，也是真不客气。

其他人大概都觉得唐家这位"假千金"已经翻车，等着看笑话，甚至有一些人已经开始小声议论。但路茶在意的不是这些人的态度。只是把所有人的目光吸引过来还不够，想要盖过女主的风头，还需要一个人的帮忙。

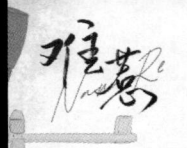

她将目光投向那个角落，对着某个置身事外的人眨了眨眼，眼神无辜又委屈。

她研究过了，除了唐家，季辞在的季家也颇有名望。如果她能够和季辞搭上线，让别人好奇他们之间的关系的话，不比一个从外找回的大小姐更有看头？看在好感度的分儿上，她想季辞不会坐视不理的。

然而，季辞分明看到了她的殷切目光，却微微挑眉，不紧不慢地喝了口酒。

路茶有些疑惑，这人该不会要故意不过来吧？

眼看路茶急得快跳脚，季辞才勾了勾嘴角，放下酒杯和身边的人说了一句"失陪"，抬步往那边走去。

路茶的道歉没有获得任何人的同情，气氛一时凝滞，最后是江知禹先开了口："阿沅，你明知道小恋身体不好还拉她下水，就算不是故意，随手拉人的毛病也该改改了！"

路茶腹诽道：那么紧急的情况下我还能考虑那么多？又没有慢动作！有那个时间我就不会落水了好吗！给你创造救人加深感情的机会就接着，话可真多！这时候开始护犊子了！

路茶想怼到他哑口无言，但奈何对方是男主，冲动只会让自己更加吃亏。

她正气闷，身后忽然传来一个好听的声音。

"我记得是唐大小姐先呼救，江总才下水救人的吧？怎么救人还分你我，只管一个不管另一个了？"

季辞就站在路茶身后，离得很近，浅淡的男士香水气息钻入鼻腔，路茶松了口气，幸好没押错。

没想到季辞会站出来说话,江知禹脸色一变:"我那是……"

季辞对他的解释没兴趣,反而打量了焕然一新的路茶,评审一样点了点头:"审美比刚才强多了。"

路茶心说:你想不到吧,压根儿不是同一个人!

季辞盯着她眼里无意间泄露出的得意,笑意更甚,目光下移落到某处,略有疑惑:"你的锁骨是蹭上了脏东西吗?"

不能吧……

路茶伸手抹了下锁骨,看到指腹上沾的东西后,脸上的表情差点绷不住。

她压低声音:"这是高光!"

"有什么用?"

"更突显锁骨的好看啊!"

"是吗?"季辞并不认同,"像啃秃的鸭骨头。"

路茶一时语塞,不知如何反驳。

任务一完成,戏份 +10。

季辞好感度 +5。

就这个嫌弃的语气,她差点就捏紧了拳头,是好感度的加成救了他。

路茶嘴角一撇,算他识相吧!

两人的互动被周围的人看在眼里,落在路茶身上的目光开始变得怪异起来,焦点完全从唐恋移到她身上了,包括唐父。唐父虽然不喜欢这个女儿,但还是拉着路茶的胳膊往回拽了拽,俨然是让她跟季辞保持距离。

"我怎么不知道季总和小女认识？阿沉，你也不跟爸爸说。"

路茶揣测不出唐父这句话的具体含义，但能感觉到他对季辞是有成见的。她不能让他更讨厌自己，立马乖乖说了季辞救她的事情。

唐父听后脸色不大好看，但还是碍于脸面跟季辞道谢："真是麻烦季总了，小女总是冒冒失失的，希望季总不要介意。"

季辞笑得很淡，看了一眼缩得跟只鹌鹑一样的路茶，说道："我倒是没觉得她冒失，挺可爱的。"

路茶清楚地看到唐恋翻了个白眼。

好歹是个真大小姐，毫无形象可言。

她一边在心里默默吐槽，一面私戳系统："这个季辞是不是有什么特殊癖好之类的，他不太对劲啊！"

系统提示音："隐藏人物的详情资料需要玩家自行收集。"

路茶小声抱怨："那你是用来干吗的，单纯发布任务和提醒吗？"

系统说："没错。"

言下之意，没事别找我，请靠你自己。

这可真是一个省力的系统。

好不容易应付走了季辞，路茶的胳膊都被唐父抓红了。唐父警告地看了她几眼，什么话也没说就走了。路茶真的很不明白，难道唐家和季家是世仇？

刚回来的唐恋自然也不知道其中隐情，但唐恋比路茶人缘好，抓着江知禹好奇地问："知禹哥，那个人是谁啊？爸爸好像不太喜欢他。"

"季辞，季家的当家人。"

"季家？云都的那个季家？"唐恋惊讶地张了张嘴，"可那和我们家有什么关系？"

"唐爷爷的初恋是季老爷子的已故妻子，季辞的父亲追求过伯母，"江知禹欲言又止，看向路茶，"真的是逃不开的缘分。"

唐恋："……"

路茶："……"

真够狗血的！但是你那个语气为什么有点遗憾？

宴会结束时已经很晚了，路茶回到房间，把高跟鞋踢到一边，揉了揉站到发酸的小腿。

床上的衣服还没收拾，路茶看着实在心烦，正准备将衣服收起来，房门忽然被敲响了。

夏夏站在外面，拿着杯热牛奶。

"大小姐，您睡眠一直都不太好，今晚又这么累，我热了杯牛奶，有助于睡眠，您喝了吧。"

路茶还挺意外的，这小姑娘这么好收买吗？

她接过牛奶，说了声"谢谢"。

夏夏一直为唐家工作，很少被人感谢，路茶一句话让夏夏红了脸，眼神飘忽着摆摆手："没关系的大小姐，这是我的职责……"话没说完，夏夏透过门缝看到了路茶堆得满床的衣服，

"大小姐，您要收拾房间吗？我来帮您吧！"

路茶本想拒绝的。她不太习惯被人照顾起居，但夏夏执意要帮忙，

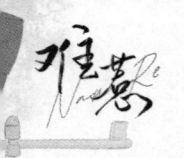

她看着小姑娘通红的脸颊和微微颤抖的睫毛,还是放夏夏进来了。

"大概收拾一下就行。"

说是这么说,但夏夏仍旧仔仔细细将所有衣服叠好放进衣柜,甚至连位置和颜色摆放都和之前别无二致。路茶觉得有些奇怪,但又想到这本就是她的工作,做得熟练是正常的。

最后一件衣服挂完,夏夏看到床上剩一件陌生的外套,拿起来才看出是件男士西装。

她扫了眼衣服的标签,疑惑地问:"大小姐,这是……"

路茶原本昏昏欲睡,因为她这声一下子清醒过来。

是季辞的外套。

怕夏夏误会,路茶连忙说:"别人借我的,我洗过之后还回去。"

夏夏不疑有他,自然地将衣服叠起来要放在脏衣篓里:"那我拿下去洗。"

想到这可能是一件很有用的道具,路茶还是决定攥在自己手里,省得忘记。

她单脚踩在地上,从夏夏手里将衣服拿过来:"不用了,我到时候送去干洗。"

夏夏没想到她会把衣服拿回去,手还维持拿着衣领的姿势,愣怔过后点点头,没多说什么,拿着脏衣篓离开了房间。

路茶没有注意到夏夏眼神的变换,在夏夏出门后,习惯性将门一锁,困得倒头就睡。

路茶向来没有准确的作息时间,不知道是前一天晚上太累还是怎么,居然一觉睡到了下午三点。

她浑身疲惫,本想简单洗漱一下,没想到刚把脸打湿,眼前突然跳出任务面板,吓得她差点失手打翻洗面奶。

面板上有红色的倒计时,数字变化飞快,像是在不断催促她快点接受任务。路茶压根儿来不及去细看上面的内容,几秒犹豫后,还是直接点了"接受"。

蹭戏份:玩家可通过和主角同时出现在同一场景获得戏份值的增长,每天限蹭三次,达不到次数玩家会受到惩罚。

任务的下方附赠了可能会遇到主角的地点列表。路茶点进去看了看,每天限三次,也就是说她必须每次都选对地方,不然就会受到惩罚。

尽管系统没有说明惩罚是什么,但根据之前落水的事情,可以预料到绝对不是什么好事。

多损啊!这就是把她往火坑里推!运气再好的人也无法保证每天三次全中吧!

路茶没办法,只好根据直觉,首先选择了主角最有可能出现的"唐家客厅"。

幸运的是,她第一次的选择是成功的。路茶下了楼,看到稳坐在沙发上的江知禹,心里悬着的石头落了下去。

能力 +5。

路茶从容不迫关掉提示,走过去打招呼。

"知禹哥。"

江知禹看到她笑了笑:"才醒吗?昨天刚落了水,还是要好好休

第一章 · 没有撤退可言

息比较好。"

除去昨天的质问,江知禹大部分时候还是温和的,可能是青梅竹马的缘故,对她态度还不错。

路茶点点头,在沙发最边上坐了下来,离江知禹有很长一段距离。

反正系统只说在同一场景下,又没有说要距离多远。

气氛一时有些尴尬。

想到他们两个原本订过婚,路茶觉得,江知禹应该比她更尴尬。毕竟她只是需要完成任务,并不在意他怎么样。

江知禹自然注意到路茶对他的疏远,沉默半晌后,他忽然开口:"阿沅,昨晚……对不起。"

路茶不知道他是为没有救她道歉,还是在为指责她的那几句话道歉。不过都没什么所谓了,男主维护女主是正常剧情,她心里没有任何不舒服,甚至觉得站在女主的角度上会很看好男主。

路茶摆摆手,想含糊过去:"没事……"她应该多说几句违心的话,但实在是编不出来,应付的心情都没有。

系统偏偏在这时候跳出来警示她——

能力 -5。

坐得安稳的路茶差点从沙发上跳起来:"为什么?"

系统回复:"玩家必须在男女主面前维持人设,否则判定人设崩塌,游戏失败。"

路茶把吐槽的话咽了回去。

她尽量、尽量遵守人设的自我修养。

在路茶和系统对话的期间,江知禹眼中的她一直安静坐着,垂着头不知道在想什么。这不像平时总会想方设法和他接近、交谈的唐沉。江知禹以为她是在介意昨天的事情，心中又多了些歉意。

生气也是应该的。是他没有顾及到她的感受，一心扑在唐恋身上，甚至和其他人一样认为她做错了事。可说到底，她也只是个受害者。生活了二十几年的家说是别人的就是别人的，任谁都受不了。

江知禹越想越替她难过，不自觉叹了口气。

路茶完全没有注意到江知禹的纠结，她像是没有感受到尴尬气氛，从容不迫地下了一款乙女游戏，准备从中取取经，学习一下通关技巧。突然，系统的声音跳出来，吓了她一跳，差点把手机摔地上。

江知禹好感度+5。

路茶满脸问号。

再看江知禹，他已经收回了放在路茶身上的视线，抬头望向了正在下楼的唐恋。

兴高采烈抱着什么东西下来的唐恋在看到路茶的那一刻，笑容消失得无影无踪，表情变得有些难看。

江知禹知道她们两个是因为自己感情不好，喊了一声："小恋。"

又怕唐恋误会起来对路茶发难，江知禹提醒道："你不是要给我看你的画吗？"

唐恋就读于海城大学艺术系，唐父找到她也是因为她的画里有唐母以前的风采。而唐沉一点艺术才能都没有，倒是对各种奢侈品爱不释手，俗气得不像一个有文化底蕴的富家千金。

唐恋刚刚就是上楼拿画册了，江知禹一提，她立刻将画册打开，一页一页给江知禹讲解。

原本的游戏剧情中,这部分是男女主的高糖情节,现在多出来一个人,哪怕对剧情没有任何影响,高度的存在感也很难让人忽视。

在江知禹第五次无意瞟向路茶时,唐恋忍无可忍,将画册丢在桌子上,书脊碰撞桌面发出一声闷响。

"唐沉你故意的吧?你是不是就是嫉妒知禹哥喜欢我,故意来碍眼的?"

人在家中坐,锅从天上来。

路茶没想到自己专心玩游戏也会被骂。这个游戏里的人都喜欢无理取闹是不是?就喜欢你越不搭理我,我越要吸引你注意的情节吗?

她想到系统说要保持人设的话,于是抬起头,用无辜的眼神看着唐恋:"对不起啊妹妹,我安安静静坐在这里惹你生气了吗?如果你不想看到我,我可以走。"

她还做出一副矫揉造作的样子,只是说得好听,其实根本就不会做!唐恋怀疑她根本就是故意来碍眼的,气得翻了个白眼:"你很喜欢找存在感是不是?楼上那么多房间,你去哪儿不行,非得在这儿待着?"

当然不是非要在这里待着,而是他们在哪儿她就得在哪儿。她也知道自己很烦人,但受制于系统,为了早点回家,她没办法。

但唐恋作为角色人物只认为路茶是故意干扰他们约会,影响他们感情。见路茶不说话,唐恋就以为路茶是和以前一样故意装可怜。

眼看两姐妹又要吵起来,江知禹赶紧打圆场:"阿沉,你要不然回房间玩?"

路茶看了眼系统面板上提示同意的字幕,质疑道:"这是打圆场?

这分明是单方面维护。"

系统回复:"女主光环不可抵挡。"

路茶:"……"

行吧。她看了眼可可怜怜只涨了两分的戏份值,向女主光环认输。

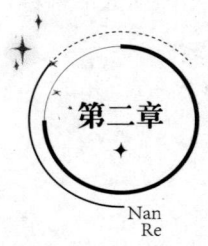

第二章
Nan
Re

"比心"的方法有很多种

区区数据竟然妄想撩动她?怕是不知道天有多高地有多厚,乙女游戏之 Queen(女王)是谁!

游戏里的时间过得比现实世界要快很多，在逐渐摸索中，路荼能够找到选择的规律，蹭戏份蹭得游刃有余起来。

这天她照常下楼，瞧见和唐父谈话的江知禹，借着倒水的机会多逗留了一会。结果被唐父抓了个正着，直接点名。

"唐沅，你过来。"

路荼浑身一抖，迈着小步蹭过去。

"你哥哥快回来了，你和小恋的事情他还没那么快接受，你也消停点，不要胡说八道，更不要给唐家惹事，"唐父着重强调了最后一句话，"尤其是离季家那小子远点，别被卖了还不知道！"

唐父的意思大概是提醒她不要和季辞交往过深，怕她把唐家卖了吧？可是以她在唐家的地位，也不具备这样的条件啊。

路荼偷偷吐吐舌头，倒是更加在意唐父说的另一件事情——

角色原来还有一个哥哥吗？

路荼特意调出人物资料看了看，发现是未解锁的人物。

她不了解这位哥哥是什么情况，也不敢违背唐父的意思。她知道唐父最不喜欢的就是角色傻里傻气，索性干脆地点了点头，不去装柔弱。

唐父脸色缓和了些："行了，你也别总是待在家里不出去，下午和小恋、知禹出去逛逛，不然总有些风言风语。"

唐父更在意的是唐家的名声，这点路茶早就知道。

唐父的决定，连唐恋也无法动摇。哪怕唐恋并不想路茶打扰她和江知禹的二人世界，也不得不眼看着路茶钻进车里，如同高功率的电灯泡。

一路上，两人吵架的嘴就没停过。一个是明嘲，一个是暗讽，谁都没占到便宜。夹在中间的江知禹一开始还能各自安抚几句，到后来也放弃挣扎，任由她两个闹。

路茶这次出门有两个目的，一个是给自己搭配几身衣服；二是把季辞的外套拿出来干洗，以备日后不时之需。

将衣服送去干洗是首先要解决的事情。等她从干洗店出来，唐恋已经拉着江知禹没了影子。知道唐恋肯定不会等自己，路茶提前跟系统确认了下："不和男女主同时出现会不会影响戏份和剧情？"

系统答道："个人剧情会被正线潦草带过或无视，但有机会触发随机事件和新人物，有助于戏份值的增加，参与到正线剧情中。"

也就是说要看运气和选择。路茶心里有数了。

商场里大部分都是名牌店，路茶的消费观还停留在现实世界，并没有适应富人的生活，看着衣服上的吊牌价格只觉肉痛。她不想让唐家人继续以为自己拜金物质，没有选择以前那种昂贵的限量款，而是买了性价比相对高的衣服。

她想唐父看到卡上的消费记录时，对她的看法也会稍有改观的。

没逛多久，路茶发现商场里有很多追星女孩，拿着手幅和灯牌，一脸兴奋地到处寻找着什么。她匆匆瞥了眼,不是很在意。

比起明星,她对游戏和番剧更感兴趣。

但她确实没想到,在洗手间门口也能够看到她们的身影。

年纪不大的几人,头上别着印有偶像图像的小卡子,穿着应援服,聚在一起窃窃私语。注意到路茶过来,她们往旁边给她让出了通道。

路茶一边在心中暗叹她们锲而不舍,一边一瘸一拐进了洗手间。

高跟鞋的材质不太舒服,有点磨脚,每走一步都很疼。她本想找家店买双新的,但实在坚持不住了,只好到洗手间拿点纸巾先垫一下,做个缓冲。

洗手间很安静,路茶匆匆脱下鞋,看了眼脚后跟,皮肤泛红,已经磨破了。

怪不得那么疼。

她从包里拿出纸巾重新折叠,塞进鞋里。

身后有轻微的脚步声,路茶动作一顿,下意识抬起头,和镜子里鬼鬼祟祟的男人四目相对,差点被吓得当场去世。

怎么洗手间里还有抢劫的吗?

男人怕她声张,上前捂住了她的嘴。

"抱歉。"他的声音有些稚嫩,略微带了些少年音。

路茶有些诧异,听到了系统没有感情的提示——

"恭喜解锁新人物,霍作。"

任务二:帮助霍作避开"私生饭"。

路茶没想到自己运气这么好,略略震惊的双眸盯着霍作,还没反应过来,就听到了外面粉丝的声音。

"不行,我等不了了,咱们进去看看吧!"

"万一不在呢。"

"不在就不在,都是女的有什么可尴尬的。"

霍作一下子慌了神,左右看了一下,无助的眼神和路茶对上。

帮助霍作摆脱目前的困境,你选择——

一、暴打"私生饭"一顿;

二、叫保安;

三、拉他进隔间。

深谙游戏套路的路茶几乎可以预见每一个选项的结果。

若是按照她以前玩游戏的习惯,绝对会在每一个人物出场的时候尽可能地进行攻略,为后期读档体验每一个角色的结局线做准备。

但现在她不能这么做。

她没有第二次机会,必须要紧紧抱住隐藏人物的大腿,不能吃着碗里看着锅里的。这种行为的风险太大,万一被季辞知道掉好感度怎么办?系统指不定又会有什么奇奇怪怪的惩罚等着她。

何况她对这样的"小奶狗"偶像并不感兴趣。

仔细斟酌之后,路茶选择了第二项。

选择框在眼前消失,她的身体由系统支配,转身要往外走。

霍作见状,连忙拉住了她:"你去哪儿?"

他眼中警惕万分,估计以为路茶和外面的粉丝是一起的,进来是探查情况,现在要去"告密"。

路茶有些无奈。

真要是一伙,仰起脖子喊一嗓就可以让外面的粉丝直接冲进来给他围个水泄不通不是更加直接？

但她要真的这么做，就相当于任务失败，系统一定会惩罚她的。她还想活着回到现实，不得不耐心给霍作解释。

"我去帮你叫保安。"

霍作没想到她是要帮自己，愣了愣："你不是……"

"不是。"

还没说什么就否定这么快，好歹他也是个偶像，有这么不讨喜吗？他不要面子的吗？

霍作拉下口罩，俊秀的脸皱成一团，拉着路茶的手紧了紧："姐姐，你要把我一个人丢在这里吗？"

路茶受不住这种称呼，浑身一凛，下意识就要抽回手，但不如霍作力气大。

她有些着急："你放手啊！外面的人就要进来了，你快让我去找保安来帮你！"

"保安也不能进女厕所。"

"特殊情况可以的！"路茶心想：你不是还躲进来了吗！

霍作不为所动，就是不肯放她走。

外面的人已经准备进来了，脚步声和谈话声逐渐接近，继续纠缠下去霍作早晚被发现。路茶不能让任务失败，她别无他法，左右看了看，在粉丝们转过拐角的最后一刻，推着霍作进了隔间。

门板"哐当"一声撞上门框，她利落地上了锁。

巨大的响动难免引起粉丝们的注意，有人怀疑是不是霍作躲了进去，但也有人提醒可能是之前进来的路茶。

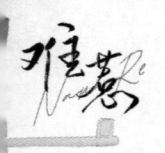

光靠猜测也没用，有胆子大的直接敲了门，把心虚的路茶吓了一跳。

霍作注意到路茶因为紧张而涨红的耳尖，没忍住笑出了声。

幸好门板够厚，外面应该听不到这点细微的声音。路茶有些气，转头警告似的，瞪了他一眼。

霍作眼睛明亮，无声笑得更加过分。

路茶有些无语。

粉丝都堵到门口了还能笑得出来，就没有见过这样的偶像。

外面的人可能是见没有动静，又敲了敲门，试着问："里面有人吗？"

"有！"

路茶声音带了些许颤抖，外面的人是听不出，能够最直观感受到路茶情绪的只有霍作。偏偏这人胆大包天，在粉丝们去查看其他隔间是否有人时，低下头凑近路茶的耳边调侃她："姐姐，你耳朵红了。"

"……"

下一秒，路茶的拳头敲上了霍作的头。

区区数据竟然妄想撩动她？怕是不知道天有多高地有多厚，乙女游戏之 Queen 是谁！她见过的"男人"可比他开的演唱会场数还多！

外面的粉丝听到路茶所在的隔间传来响动，相互对视一眼，走回到隔间门前疑惑地问："姐姐，您没事吧？"

路茶揉着敲疼的手，完全没有刚才的紧张。

"没事，撞了一下。"

粉丝们没太在意，只当她不小心。完全不知道她们苦苦寻找的偶像就在门里，并且刚刚经历了路茶的一番"教育"。

路茶压低声音警告他："不想暴露就闭上嘴！不然把你踹出去！"

霍作没想到她会直接动手，捂着头委屈巴巴的。

她好凶。

他好可怜。

霍作好感度 +5。

路茶："……"

这游戏里的人多少都有点病！

好不容易避开了粉丝，将霍作送走，听到系统提示任务完成后，路茶靠在商场冰凉的墙壁上，松了口气。

不管过程如何，任务完成后的奖励还是比较丰厚的。除去数值的加成，她也获得了"霍作演唱会门票"的道具。虽然不知道她一个不追星的人要这东西有什么用，但总比没有强。

然而稍稍喘了口气，路茶发觉，自己之前被磨破的脚又开始疼了。

估计进行任务的时候系统会帮忙屏蔽外界干扰，以至于她完全忘记了这茬。现在任务完成，脚上的伤似乎是更加严重了。

她知道自己要快点找个可以休息的地方，往四周看了看，离她最近的恰好是一家鞋店。路茶感叹自己运气好，一瘸一拐走了过去，没想到会遇到熟人。

傅嘉莉正在挑选鞋子，对店员指手画脚，身边还有一个男人——季辞。

路茶刚迈进鞋店的门就想把脚缩回来了。她倒是忘记了，游戏里哪有什么运气不运气，还不都是系统的安排。

路茶在门口犹犹豫豫不进去，难免引起店内人的注意。

季辞瞧见她，心情明显好了许多，大步走了过来。

"怎么不进来？"

路茶瞥了眼被丢下后脸色难看的傅嘉莉，抱歉地笑了笑："我没想到季总在约会，没有打扰到你们吧？"

季辞脚步微顿，干脆地说："不是约会。"

傅嘉莉的脸色更差了，想要说什么，又插不上话，只能眼看着季辞走到路茶身边，又扶着路茶坐到店内提供的凳子上。

店员看路茶不太方便，给路茶拿来一双软拖鞋。

鞋子脱下，季辞看到路茶被磨破的脚，不动声色地皱了皱眉："你们女人是不是都很喜欢穿不合脚的鞋？"

都？

路茶的目光落在傅嘉莉两只不一样的鞋子上，看透了她的那点小心机，心中冷笑一声。

一个江知禹不够折腾，非要和自己抢人是吗？可惜这次自己不可能让了，还得让傅嘉莉知道知道谁才是季辞的"官配"！

路茶没有直接揭穿傅嘉莉，而是抬起头，看向季辞。

"新鞋都磨脚，穿久了就好了。不过有些鞋子不合适就是不合适，就算磨软了，也不会改变本质。季总知道灰姑娘的姐姐们和后妈吗？她们妄图染指水晶鞋足够说明这个道理。"

季辞也不知道听没听懂她的潜台词，颇为惊讶："你还喜欢童话故事?"

路茶甜甜笑了下:"女孩子都有少女心,虽然不是人人皆公主,但都想嫁王子。"

季辞略一挑眉,确认她是意有所指。

傅嘉莉脸色涨红,不知道是气的还是羞的,蹬着两只不同的鞋子跑过来:"阿沉,你说话是不是有些过分了?"

路茶装作诧异:"哎呀,嘉莉你也在啊!"

傅嘉莉不相信路茶真的没看到自己。

路茶无辜地摇摇头,似是想到什么,垂下眼帘跟她解释:"可能是季总自带光芒,太过耀眼,我看不到别人呢!"

不只是自带光芒,还可以自带 BGM(背景音乐),就像电视剧里霸道总裁出场的那一种场面。

季辞一愣,听着确实是在夸他,但好像哪里不太对。

路茶看到季辞僵硬的嘴角,在心中偷笑。

抱歉啦,就先借你当一次"工具人"对付傅嘉莉,反正也不是第一次了嘛。

傅嘉莉被路茶震惊得噎住,这么夸张的话也说得出?

怕不是脑子被水泡坏了吧!

傅嘉莉转而去看季辞,认为他一定很反感这样的行为——毕竟之前她只是简单夸了他两句事业有成,就已经惹得季辞不快,怕他对自己印象不好才找借口来商场进一步交流。

但让她没想到的是,季辞不仅没有生气,还饶有兴致地看着路茶,眼中都是"这个女人有点意思"的笑意。

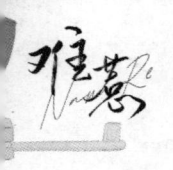

原来他是喜欢更加夸张的措辞吗?

傅嘉莉心有不甘,往季辞身边靠近了两步,试图吸引他的注意:"季总……"

季辞的目光都在路茶身上,对她的呼唤置若罔闻。

倒是路茶,冲着她笑了笑:"嘉莉你也是来买鞋的呀?"

来鞋店不买鞋还能做什么?傅嘉莉知道路茶是故意让她分心,但季辞在场,她不好争执,只得随意应付一声。

路茶略有所思地点点头,在傅嘉莉再次想要喊季辞时截断她的话。

"那你买完了吗?"

傅嘉莉忍无可忍,努力压下翻涌的情绪,用还算平静的语气反问路茶:"你有事吗?"

"我是在担心你啊!你又没有车,挤公交车或者地铁都容易加重伤势,万一严重到无法上班,我也没办法跟知禹哥交代。"

路茶一脸我为你着想,你还要骂我的可怜表情,当着傅嘉莉的面往季辞的身边凑了凑,揪起他一点衣袖装模作样擦了擦并不存在的眼泪。

赤裸裸的示威。

就这样,季辞竟然也容忍了,甚至安慰性地拍了拍路茶的脑袋,对傅嘉莉说:"你先回去吧,项目的事情我会考虑。"

这绝对是下了迷药吧!这样拙劣的演技季辞也看不出来,是真傻还是故意配合?

傅嘉莉气结,转身就走,完全忘记脚上还穿着店里的鞋。

店员一直在暗中观察他们,注意到傅嘉莉没换鞋后,拎起她的那双旧鞋,立刻追了过去。

路茶藏在季辞衣服后面,笑出了声。

然而乐极生悲,她的额头被季辞毫不留情地弹了一下。

路茶捂着额头,气愤地谴责坐在身边的人:"季总,我帮你赶走了纠缠你的人,怎么还恩将仇报呢?"

季辞佩服她颠倒黑白的能力,气笑了:"谁帮谁?"

"不都一样嘛。"

路茶小声嘟囔,揉着被他弹疼的额头。

下手真是一点都不轻!那点好感度难道不能让他怜香惜玉一点吗?要不是看在他是隐藏人物会有特殊作用的分儿上,她才不会攻略他呢!小气吧啦的。

季辞盯着路茶鼓起的侧脸,像极了生气的河豚。他轻笑一声,无奈地扒下她贴在额头上的手,用拇指轻轻揉了揉。

季辞好感度+5。

路茶浑身僵硬,全身的感知都聚集在他手指按压的地方,目光呆滞地盯着他流畅的下颌线,脸颊不受控制地升起一团热气。

这样……那就只怪他两分钟好了。

店员向路茶推荐了两双鞋子,一双红色矮跟软皮,一双白色高跟。两双风格不同,但都是高定,也很适合她。她在现实世界并不常出门,鞋柜里也没有高跟鞋,单从样式和手感来说,从来没有这方面购买经验的她并不太能做出选择。

纠结之际,季辞拿起红色的那双,说道:"这个适合你。"

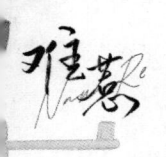

路茶想起宴会那天穿的红色礼服，了然问道："你该不会是对我一见钟情了吧？"

怪不得之前她那样"利用"，他也不生气，还很配合。

季辞笑了声，将鞋放在路茶的脚边，直白的目光放在她身上："我倒是不知道唐小姐有妄想症。"

"是的呢，我还有间歇性狂犬病，季总可要小心点。"

"是吗？"

他穿着深色衬衫，领口的扣子未扣，一眼就能够看到明显的喉结和锁骨。

路茶忽然想起霍作的喉结，目光再次落在季辞身上，觉得这人是个妖精，一个喉结怎么能长得这么性感，相比之下，霍作果然是个弟弟。

季辞忽然倾身凑近了些："你想咬哪里？"

路茶无语。

要不是看在他长得好看的分儿上，这将会是她今日第二次"重拳出击"。

乙女游戏里的角色多少有些"油腻"的部分，撩人的话张口就来，完全不顾及玩家的感受，路茶原本的小心动瞬间消失得一干二净。但仔细分析起来，季辞归根到底还是个直男，不然就不会说她打了高光的锁骨像啃秃的鸭骨头。

路茶细细磨了磨小虎牙，手指戳了戳季辞的胳膊："我这个人，比较喜欢吃鸡翅膀。"

季辞几乎是从嗓子里挤出来的笑，身子撤了回去，退到了正常的社交距离。

"传闻唐家大小姐是朵娇弱的'白莲花',看来也不尽然。"

路茶在心里翻了个白眼,还"白莲花","顶级龙井"差不多。刚才和傅嘉莉的几番较量快把她脑子榨干了,她实在不适合这个人设。她试图跟系统商量换个性格,系统压根儿不理她,装死技术运用得十分娴熟。

知道季辞话里有话,路茶抬眼看了他一下,手从红色小软皮的上方掠过,想试那双白色的鞋子。

季辞看着她跟小孩子赌气一样,略有些无奈,握住了她伸出的手腕。

路茶被他的动作吓了一跳,下意识想要挣开,却被他攥得更紧。

系统"叮"地跳出来——

季辞好感度 +5。

路茶瞥了眼被他握住的手,心里呸了一声。

季辞的声音有些沉:"你的脚伤成这样还试什么?"

没想到季辞关心自己,路茶微愣,心说好感度诚不欺她,这男人嘴硬心软,到底还是在意她的,就是下次可以轻点抓手,想要肢体接触可以明说啊,她又不害羞!

路茶心中得意,嘴角强忍着才没翘得很过分,刚想和他说自己没事,却听到季辞一本正经的声音:"弄脏了鞋子你会买下来?"

他脸上毫不掩饰的嫌弃表情仿佛她是滚了几斤泥来的。

路茶的情绪急转直下,差点被这一句话噎背过气去。

店员还没说什么,他管得倒是挺宽!

路茶猛地挣开季辞的手:"和季总有关吗?"

掌中的细腻瞬间离去，触感却挥之不去。

季辞不动声色握了握拳："这家店是我的。"

"什么？"

"这个商场是季氏的产业。"

男人嗓音清淡，带着与生俱来的骄傲和自豪。

路茶眼中闪过一瞬的震惊，心里暗骂唐恋选商场前不知道做功课，气势弱下去，又不肯在季辞面前低头，抿抿唇逞强道："我当然买！"

她带着点盛气凌人的架势，指着刚刚试过的那双白色高跟鞋对店员说："现在就包起来，刷卡！"

店员看了眼情绪不明的季辞，在老板和顾客之间选择了后者，小心拿过鞋子去前台包装了。

光是这样还不够，路茶扬起小巧的下巴，模仿电视里骄纵无理的大小姐瞪了他一眼。自以为气势凌人，但她不知道，在季辞看来，她这副傲娇样子像极了小女孩撒娇。

身旁骤然一空，季辞一言不发离开，只留给路茶一个背影。

路茶一愣。

不会真生气了吧？

脾气这么差小心以后没人喜欢！

她坐得笔直，看似十分硬气，下一秒却立刻点开系统设置查看了季辞的好感度，确定没有减少才松了口气。

逞强归逞强，作为玩家日常卑微，尻还是很尻的。

店员不清楚两人的关系，但看自家老板少有的温和态度，大胆猜测两人的关系匪浅。

季辞走后，店员过来还卡，想了想，多嘴说了句："唐小姐，老板平时身边没有其他异性的，今天只是个意外。"

是意外，季辞都解释过了。不知道是不是该夸店员为老板着想，又来唠叨一遍，生怕路茶误会吗？

路茶摆摆手："你误会了，我和他不是你想的那种关系。"

见店员一脸"我懂，我明白，我不会说出去"的表情，路茶知道自己怎么解释她都不会信。店员果然还是目光短浅，像季辞这样身份的人，女人趋之若鹜，怎么可能看得上虚有其表的"唐沅"呢！

路茶没话可说，店员只当路茶默认，瞥到地上另一双被遗忘的鞋子，提醒路茶："唐小姐，这双您还要吗？"

路茶看了眼，是季辞推荐给她的那双红色小软皮。

不得不说季辞的眼光是准确的。这双鞋的确很衬她的肤色，材质舒服，简简单单的款式，没有烦琐的搭配，很搭她今日的裙子。

就是人不会说话。

路茶生着闷气，但鞋子是无罪的。

路茶对店员说："包起来吧。"

店员刚要弯腰，门口的身影止住了她的动作。她迅速瞥了眼没有发觉的路茶，毕恭毕敬喊了声："季总。"

路茶心中一跳，抬头望去，季辞去而复返，走到了路茶面前。高大的身躯挡住一点灯光，自带深情滤镜的桃花眼里尽是无奈。

她心里莫名有点小欢喜，系统的好感度诚不欺她。

季辞手里还拿着什么东西，看着她有点傻气的表情，戳了戳她的

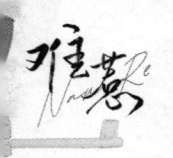

额头，轻斥："多大的人了，还像小孩子一样赌气。"

路茶下意识想反驳，想到自己确实不占理，硬生生憋了回去。她垂下头，扯着短裙的下摆，语气有点小可怜："你怎么回来了？"

季辞重新坐在她身边，将手里的东西递了过去——是一盒创可贴。

所以他出去不是因为生气，是为了买这个？

路茶的少女心一下子被戳中，"叮"的一声，系统提示——

角色好感度已达到分值，可触发福利情节，是否触发？

福利情节？路茶是不会允许自己错过这种增进感情的机会的，她毫不犹豫选了"是"。

季辞好感度已达触发标准。

消息框消失，路茶不自觉将碎发挽到耳后，微微颔首看向季辞，眼中隐隐期待。

本以为接下来会是什么冒着粉红泡泡的情节，却见季辞将创可贴塞到她手里："发什么愣？"

路茶即将翘起的嘴角僵住了。

她轻咳一声，掩饰自己脑袋里那些有的没的念头，拆开创可贴的盒子。

"谢谢季总。"

"嗯，"季辞随意应了声，目光落在路茶泛红的耳尖上，轻笑，"怎么谢？"

路茶稍一犹豫，提议道："不如……"她食指和拇指交叠，"给你比个心？"

季辞一时语塞。

发觉他好像不大喜欢，路茶想了想，一连换了几种比心动作，眼睛做作地眨了眨，里面缀着星点光亮。

"季总，有感受到我的诚意吗？"

旁边店员哪见过这场面，强忍笑意，抖得跟开了振动一样。

季辞实在看不下去，无奈地按下路茶不停歇的手："幼不幼稚？你要真想谢我，不如在商场里多逛逛，帮我增加一下业绩。"

路茶没想到他这么直男，这时候不应该顺理成章吃个饭增进感情吗，怎么还想着工作？

她脱口而出："季氏已经落到需要靠着老板的美色来求业绩了吗？"

季辞眼中含笑看着她，瞳色格外深："是啊，不知道唐小姐愿不愿意给我这个面子。"说完，他伸出右手摊开，修长的手指如漫画中一般，温厚的手掌就在她眼前，想忽视都难。

路茶的心里激起一朵小浪花。

来了来了！福利情节，从牵手开始！

她默默吞咽了下口水，小心地抬起手，打算把手放在他掌心。

没想到才稍稍抬起，他忽然动作，从她手里拿过了一整盒拆开的创可贴，只留下一个给她。

"你用一个够了，多了浪费。"

路茶没料到这个转折，伸出的手僵在半空，眼皮不受控制地抽了两下。

季辞将创可贴的盒子扣好，连封口的贴纸也重新贴上抚平，看起

来跟新买的一样。他将盒子递给店员,说道:"以后有顾客像唐小姐这样,记得送一个创可贴。"

店员点头:"好的。"

路茶语塞。

她可以理解季辞为顾客着想,可你已经送出去的东西又拿回去不觉得有些过分吗?

季辞感受到路茶怨念的目光,有些疑惑:"怎么了?"

"没,"路茶决定不和没有恋爱脑的直男计较,避开这一问题,"脚疼。"

季辞低头看了眼她被磨破的地方,白里透着一点红,格外扎眼。对唐沉这样娇生惯养的大小姐来说,这种小伤怕是和车祸骨折差不多了。

他伸手,说道:"创可贴给我。"

路茶立刻缩了缩手。

不是吧,一个都不给她留?她不撒娇了还不行吗?

季辞不知道她紧张什么,被她护食的样子逗笑了,无奈地问:"不是疼吗?"

路茶一愣,想到某些游戏中增进好感度的剧情,于是递出那一枚可怜的创可贴。

季辞隔着长裙的布料握住她的脚腕放到自己的西裤上,深色衬得她的皮肤更加柔嫩白皙,季辞眸色深沉,动作不自觉轻柔许多,小心地贴上创可贴。

路茶没想到"福利"来得如此突然,皮肤接触到微凉的衣料那刻心跳如鼓，默默抓紧了沙发凳，身子微微后倾，生怕季辞听到她的心跳声。

这触感太过真实，比用手机和电脑玩刺激一万倍。就这么一瞬间，她觉得在游戏世界里生活也不错，现实世界得不到的在这里轻而易举可以得到，适合做梦。

短短十几秒，彷如一个世纪。

直到系统跳出来提示路茶，她才反应过来，收回了仿佛已经不属于自己的腿。

季辞好感度 +20。

路茶悄悄呼出一口气，摸了摸发烫的耳朵。

这感情真是突飞猛进。

季辞站起身，从店员手里拿过包好的两双鞋。

"走吧，我送你回去。"

"不用了，我有车。"

虽然心动令路茶大脑空白，但不会忘记自己是和唐恋、江知禹一起来的。

她翻出手机，想问他们在哪儿。季辞这才想起什么，看着她点开聊天界面，忽然说："我回来的时候看到你妹妹和江知禹走了。"

与此同时，路茶也看到了江知禹发来的消息——

阿沅，小恋身体不舒服，我带她先回去。你走的时候给司机打电话。

后面还跟了条语音，是唐恋得意欠揍的声音："唐沅，再见！这辈子你都追不上知禹哥的！"

路茶无语。

真是一点机会都不肯给她，就这么怕她把江知禹抢走？这届女主一点自信没有。不信自己，也得相信主角光环啊。

路茶暗自叹息两句，抬头对上季辞别有意味的目光，讪讪摸了摸鼻子。刚刚还和面前的人举止亲密，下一秒就被人揭穿妄图摘星，她的脸都被唐恋丢尽了。

路茶不知道该怎么跟季辞解释，只好恶人先告状，转移他的注意力。

"你怎么不早告诉我？"

季辞看破不说破，淡淡甩出两个字："忘了。"

路茶又无语了。

不用店员眼神示意，她也能够感受到季辞周身气场冷冽下来，全然不如刚刚愉悦。怕系统突然跳出提醒她季辞的好感度降低，她谨慎地思考后，往季辞的方向蹭了蹭，揪住他的袖子，试图讨好他。

"季总……"

季辞睨了她一眼："我还不知道江知禹开车的技术比我好。"

"不是……"路茶怕季辞误会，赶紧解释，"我是来把你借我的西装送来干洗的，只是顺便蹭个车。下车就分开了，绝对没有多交谈一句！"

这个理由听起来不大能成立。

"衣服你放了一个多月？"

"这不是落了水身体受影响，就在家里多待了些日子。你的事，我也不想假手于人。"

还不是因为系统不提醒，她差点就想不起来衣服这个道具了。

　　路茶肯定不能说出真实理由，只好讨好几句，哪怕腻了些，让季大总裁满意就行。

　　季辞沉默两秒，打量了下路茶的气色。大概是确定她没什么大碍，步子一迈，傲娇地丢出两个字："跟上。"

　　路茶松了口气，心里暗暗给唐恋记上了一笔。

第三章

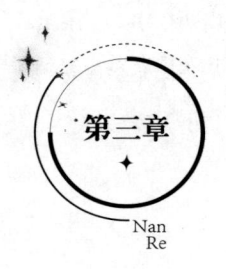

Nan Re

电梯惩罚

路茶小声"喊"了一下,口是心非的男人,明明耳尖都红了,好感度"噌噌"地涨。

唐珩是周末回来的。

想着新人物要出场,路茶特意打扮了一番,早早下楼等待,期间还承受了唐恋几句幼稚的嘲讽。但一直等到晚上七点,也没见到唐珩的影子。

同样着急的还有唐父唐母,最后唐父等不下去打了电话才知道,唐珩一下飞机就被朋友接走喝酒去了。

眼看唐母精心准备的一桌子菜慢慢凉了,唐父来了脾气,没吃几口饭就把筷子一搁,气冲冲地骂:"这臭小子真是在国外待了几年心长草了,不知道回家,竟然先跟狐朋狗友去喝酒,还能有什么出息!"

唐母深知他脾性,好声好气劝道:"当初让小珩出国的时候你怎么不知道挽留挽留?非让人家出去,现在不回来,你还不乐意了!"

唐父哼了一声:"就是你惯的!"

"我惯的?"唐母瞪着眼睛戳他一下,"阿沉是我惯的,小珩也是我惯的,教孩子的时候你在哪儿?你那些破事我都不乐意说,还好意思责备我。"

那是唐恋不曾参与过的时光,路茶瞥到唐恋夹菜的手明显一顿,继而收了回去,低头扒着碗里的饭吃。

唐父以前也有些上不了台面的风流韵事,他心虚地瞥了眼表面安静吃饭、实际都把耳朵竖起来的两个女儿,清了清嗓子,故作严

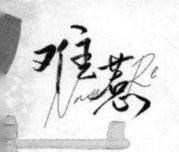

肃道:"我什么事我怎么不知道……"话没说完,看到唐母甩来的脸色后气势立刻弱下去,"你生什么气?孩子都在这儿……走走走,咱俩上楼……上楼说。"

几句话说得结结巴巴,全然没有往日的威严。

路茶夹了块排骨塞进嘴里,忍俊不禁。

一物降一物,再厉害的人物也是妻管严啊!

关门声传来,路茶和唐恋无意间对视上,几乎是同时变脸,各自将头一扭,懒得搭理对方。经过这么一段时间的相处,路茶也明白过来了,唐恋这个女主在别人面前都是懂事听话的模样,唯独面对她,就跟被抢了玩具的小孩一样幼稚。

吃得差不多,唐恋放下筷子用纸巾擦了擦嘴,扫了眼路茶还剩大半的饭碗:"你吃猫食呢?菜都凉了你饭还没吃完。"

路茶瞥了眼唐恋早早见底的饭,故意逗她:"我也希望能像妹妹一样胃口这么好,身材保持得也好。"

唐恋被气得无话。

要不是路茶脸上笑容过盛,唐恋真的要相信是在夸她了。

唐恋冷哼一声,放下筷子,转身上楼了。

转眼,餐厅只剩路茶一个人,她瞄了眼在厨房忙活的阿姨,以迅雷不及掩耳之势将面前的几盘肉拨到自己饭碗里,不出两分钟干完一碗饭,摸了摸微鼓的肚子,发出一声满足的轻叹。

唐沅的饭量太少了,路茶作为一个吃货完全不能忍受。一开始系统不让她多吃一口饭,后来她承诺在男女主面前不会违背人设后,系统才勉强同意在没人的时候允许她多吃一些,但是体重必须维持在90

斤左右，重一点都要运动减肥。

路茶真的不明白，就算再瘦，她喜欢的人也不喜欢她，何必呢？还不如及时行乐，多吃多玩多看，人活在世就那么几十年，享受生活最重要。

吃完饭，路茶并不急着上楼。她喝着阿姨泡的果茶，坐在沙发上看电视，等待唐珩回来。

她旁敲侧击打听了不少关于唐珩的情报，基本断定唐珩小时候是个妹控。阔别这么多年，不知道他会变成什么样子，她一定要先下手为强，好好维系感情，在他和唐恋还不熟悉的时候将他拉到自己的阵营里。

临近十二点的时候，路茶倚在沙发上打着瞌睡，隐约听到外面有车的声音，瞬间清醒过来。她拍了拍双颊打起精神，起身跑了出去，准备给久别重逢的哥哥一个熊抱。

她刚眯醒，脑子还晕乎乎的，又跑得太急，拖鞋跟不上。一个不留神，右脚踩到左脚的鞋，绊了一下，整个人朝前扑去。眼看要和大地来个亲密的拥抱，她下意识闭上眼睛——

没有预料中的疼痛，她被人稳稳接住，鼻间嗅到一股草木清香。

难道是唐珩？路茶心里窃喜，正打算做好表情抬起头，甜甜地叫一声哥哥，就听到熟悉又欠揍的声音在头顶响起："平地都能摔，你是笨蛋吗？"

路茶无语了。

季辞好感度 +5。

系统一提示，她才反应过来，立即站直身体，挣脱他的怀抱，连续后退好几步，拉开了距离。

这场景，和他们第一次见面无比相似，却又比那一次更加尴尬。

"你、你怎么在这儿？"热度迅速从脖子攀到脸颊，路茶气得连话都说不利索，恨不得现在有个水池让她一个猛子扎进去冷静冷静。

幸好夜色隐藏了她的害羞，季辞并没有发现。

他淡淡扫了眼她身上单薄的衣服，回答得理直气壮："可能我喜欢当免费司机。"

路茶腹诽道：你怎么不去干"滴滴"，还能贴补家用。

她嫌弃的表情太明显，季辞笑了声没和她计较，单手插兜绕到副驾驶敲了敲车窗。一个长相和唐父极其相似的男人从车里钻了出来，手里拎着外套，走路有点不太稳当。

路茶隔了几步也能够闻见这男人身上浓重的酒味。

系统"叮"的一声跳出来：

恭喜玩家解锁人物，唐珩。

唐珩是唐家的长子，一直以清俊温雅的形象存在于别人的口中。今日一见，还真是……天壤之别。头发凌乱，眼神迷离，领口开了几颗扣子，脸上是喝酒之后染上的薄红，怎么看都像个纨绔子弟。

路茶有作为妹妹的本能，上前扶住了站不稳的唐珩，埋怨季辞："你们怎么灌了他这么多酒？"

季辞将放在后备厢的行李拿下来，往前一推，箱子滑到路茶的面前，被她用腿抵住。知道他是故意的，路茶又瞪了他一眼。

他倒是无辜："不是我灌的。"

"作壁上观同罪!"

季辞看着小姑娘气得脸颊通红,轻笑一声。

行吧,她有理,说什么是什么。

唐珩并没有醉到不清醒,困倦之中听见有人责备季辞,伸手摆了摆,替他解释:"阿辞公司有事,去得晚,他到了就把我送回来了。"话音没落地,似乎是察觉到什么,偏头看向路茶,"你是?"

比起惊讶唐珩和季辞认识,她更无奈于唐珩已经认不出自己了。

路茶抿了抿唇,抬眼望着他,轻轻叫了声:"哥哥。"

季辞提醒:"她是唐沅,你妹妹。"

"阿沅?"唐珩揉了揉眼睛,仔细辨认了一下,摇摇头否认他的话,"阿沅哪有这么漂亮,我走的时候她还是个团子,脸肉肉的,特别好捏。"

路茶好想把唐珩打晕。

虽然小时候的并不是她,但害羞是真实的,还是在季辞面前说这个,她已经看到季辞忍笑的表情了。这人一定在心里得意。

好在他没有表现出来,除了嘴角再明显不过的弧度。

季辞含笑看向她:"夜里凉,快扶你哥回去吧。"

路茶不想再被供出什么童年丑事,对季辞微微颔首,然后一只胳膊用力扶稳唐珩,另一手拉出行李箱的拉杆,象征性提醒唐珩一句:"哥哥,回家了。"说完也不等唐珩反应,直接架着他往屋里拖,行李箱从石子路上经过,"哗啦啦"地响。

逃难一样。

季辞被抛在身后,看着路茶脑后跳动得快要散开的丸子头,唇边笑容逐渐放肆。

小姑娘力气还挺大的。

唐珩是个成年男人,体重着实不轻。路茶费了好大的劲儿才将他丢在沙发上。刚松了口气,系统就见缝插针跳出来,不给她歇息时间。

唐珩喝醉了,你决定——

一、将他随意一丢;

二、做醒酒汤;

三、叫醒其他人。

唐珩喝成这样,被唐父唐母看到了免不了一阵唠叨和担心。这么晚了,阿姨也已经睡下,叫醒人家起来工作实在不厚道。深思熟虑之后,路茶不打算惊动任何人。

她扶着唐珩坐好,自己转身进了厨房。

她本身会一些厨艺,也知道怎么做醒酒汤,虽然角色的手不大灵活,但也勉强可以操作。趁着这个间隙,她调出了系统里唐珩的资料,大致了解了一下。

与其他人不同的是,唐珩的好感度一开始就直接达到50。不需要路茶怎么费心思,他都会自觉站到她的这一方来。也算是唐沉这个角色唯一的"救赎"吧。

这样来说……路茶想起唐恋的好感度,似乎是负数呢。

等她端着醒酒汤出来,看到夏夏蹲在沙发旁边看着唐珩出神。

她有些意外地问:"夏夏,你不是睡了吗?"

夏夏没注意到她过来,听见声音犹如惊弓之鸟,猛地站起来,没留神,膝盖撞到了一旁的茶几。光是听着"咚"的一声,就已经能感受到疼痛。

路茶皱了皱眉："你没事吧？"

夏夏的眼圈有些红，不知道是不是撞到膝盖疼的。

夏夏摇了摇头，双手垂在身前相互纠缠，解释道："我听见客厅有声音就出来了，刚好看到少爷倒在这里。"

路茶这才注意到唐珩的姿势。

他是坐着倒下的，一侧胳膊压在身下，身体扭成了接近直角的形状。他像是睡得不舒服，眉头皱着，嘴唇也紧紧抿着。

这姿势能舒服吗？

路茶有些无奈，走过去将醒酒汤放在茶几上，用力将他扶正了。

夏夏站在一旁想帮忙，被路茶拒绝了："时间不早了，你快回去睡吧，明天不是还要早起？"

夏夏嗫嚅着想说什么，目光扫过路茶的手和茶几上的醒酒汤，默默将原本的话吞下，垂着头，声音低落："知道了，大小姐您也早点睡。"

路茶点点头，全部注意力放在酒醉的唐珩身上，没再管夏夏。也就没有注意到，夏夏走了几步后再次回头，望向唐珩的目光里夹杂的复杂情绪。

酒精的催促下，困意上来，唐珩睡得很实。路茶连唤了好几声，他的眼皮才动了动。

路茶立刻把醒酒汤端过来，轻声劝他："哥哥，把醒酒汤喝了吧，不然明天会很难受。"

第三章·电梯惩罚

唐珩很努力地辨认眼前的人:"你是?"

她怎么觉得这个哥哥有点傻?

路茶挤出一点笑容:"我是阿沉啊!"

唐珩困惑地看了她几秒,眼中逐渐染上光亮,笑得无比温柔,伸手拍了拍路茶的头,轻声叹息:"阿沉,你长大了。"

路茶第一次被人摸头杀,头顶温厚的手掌微微下压,温柔得让她有些鼻酸。

一声"哥哥"还没叫出口,唐珩的手已经下移,毫不客气地捏了捏她的脸,语气略带不满:"怎么瘦成这样,是不是偷偷减肥了?一点都不听话。"

路茶的嘴角抽了抽,一把揪掉唐珩的手,将醒酒汤递过去。

"哥哥,快把解酒汤喝了。"

唐珩望向她不容拒绝的眼神,有点委屈:"真是长大了,都开始凶哥哥了。"他接过碗,一饮而尽,品了品滋味,有些苦。

路茶不知道唐珩是本性如此,还是喝醉的原因,竟然奶里奶气,跟自己妹妹撒上娇了。

"好啦,哥哥,快回房间休息吧。不然被爸爸发现,你就遭殃了。"

"好。"

唐珩自己扶着沙发站起来,拇指揉了揉太阳穴,朝着楼梯走去。

路茶正准备将空碗拿回厨房,忽然听到唐珩犹豫的声音:"阿沉,你在家,有没有受委屈?"

没想到他会问这么一个问题,路茶微微愣住。难道唐父已经告诉他唐沉不是他的亲妹妹了吗?她不知道该怎么回答,系统已经帮她做好了选项：

一、委屈地沉默；

二、逞强说没有；

三、气冲冲告状。

路茶知道按照唐沉的性格，她一定是委屈的。甚至可能对于她来说，唐珩是最后一个向着她的唐家人，她一定会拉住这根稻草不肯放手。

可女主光环太过强大，唐珩真的不会背叛唐沉吗？路茶只有一次机会，不敢赌。

她笑得乖巧，摇摇头说："没有，我和妹妹相处得很好呢。"

唐珩定定看着她，仿佛是想要找出一点她说谎的痕迹，最后还是作罢，放心地点点头："那就好。受了委屈也没关系，哥哥回来了，帮你撑腰。"

他眼里盛着满满的温柔光亮，路茶心中一暖，故作傲娇地催促他："哥哥还是快点休息，想想明天怎么跟爸爸解释吧！"

唐珩无奈地笑笑："知道了。你也早点睡，熬夜可是会变成老巫婆的。"

唐珩好感度 +5，戏份 +5。

路茶这时算是知道唐沉房间里那一摞童话故事书是谁送的了。

唐珩回来，路茶的日子好过了一点。

唐恋为了讨好唐珩，不敢再凶巴巴地针对路茶，对路茶各种蹭戏份的行为，敢怒不敢言。

路茶也懂得知足，完成任务就离开唐恋的视线，绝对不会过多干扰唐恋和江知禹的约会。

经过连日不断的努力，路茶终于将戏份值刷到60，整个人上升了一个等级。可以不用蹭别人的戏份，而是直接"抢"戏了。除去男女主，她可以"霸占"任何人的戏份，将他们的情节变为自己的，进而增加戏份值。但系统也提醒她，抢戏有一定的风险，一点细节的改变可能导致情节大变，甚至任务失败。

这个游戏没有读档重来的机会，路茶想到刚来时的泳池危机，心里清楚，一定要谨慎再谨慎才行。

系统给她提供了几个配角接下来的戏份，路茶简单浏览一遍，决定先拿傅嘉莉开刀。她迟早是要收拾傅嘉莉的，不如就抓住这个机会，要是能够压过傅嘉莉的戏份成为女二号，路茶也不愁自己戏份少了。

这段剧情也并不复杂。

大致是傅嘉莉为了接近江知禹和他产生感情，买通了公司保安，故意将自己和江知禹困在"故障"的电梯里。尽管时间很短，但足以让唐恋误会她和江知禹的关系，进而破坏两人感情，利于她插足。

路茶简单扫了眼，发现了其中的几个细节。

比如傅嘉莉知道江知禹每天来得很早，会错开高峰期；再比如被买通的保安会提前下楼买早饭，监控室没人，也就保证了计划的顺利进行。而路茶恰好可以利用这两点取代傅嘉莉进入电梯，抢了傅嘉莉的戏份，和江知禹共处一段时间。

剧情的完成度越高，她得到的戏份奖励也会越高，如果获得江知禹的好感，奖励还会有加成。

事不宜迟，路茶立刻定好第二天的闹钟，在入睡前打开网上"恋爱小心机"的教学视频，临时抱佛脚，能学一点是一点。

结果太过专注，一不小心熬了个通宵。

第二天闹钟响起来的时候，路茶仿佛一条死鱼，挣扎了许久才从床上坐起，闭着眼睛凭感觉到洗手间洗漱化妆。磨磨蹭蹭收拾完，距离预定出发时间已经超过了二十分钟。

她这才清醒过来，顾不上吃早饭，急匆匆出了门。

出门前，她还差点撞到了端着包子过来的夏夏。幸好夏夏躲闪及时，包子才幸免于难，安全地放到了唐珩面前。

唐珩没见过路茶这么急切的样子，一头雾水："这是怎么了，走这么早？"

他的目光顺着包子落在了夏夏身上。夏夏一怔，咬着唇摇了摇头。

唐恋是很想和这个哥哥搞好关系的，趁机夹了一个包子放到他盘子里示好，随口道："可能去约会吧。"

唐珩一愣："阿沉恋爱了吗？"

唐恋平时编派路茶习惯了，说话不过脑子，被追问也是一愣。加上唐珩语气有些吓人，显然是认真了，她不敢给一个肯定的答复，含混地"啊"了声。

"和谁？"唐珩"啪"的一声放下筷子。那架势，仿佛只要唐恋说出个名字他就会奔过去打一架。

唐恋张了张嘴，没法把说出口的话收回来，脑海里忽然浮现出一个人，想都没想就说了出来："季家的……"

第三章·电梯惩罚

.063.

"季辞？"唐珩好像更生气了，饭也不吃转身就走。

唐恋没想到唐珩的反应这么大，知道自己闯了祸，赶紧给江知禹打电话。

江知禹本打算去公司，听完唐恋混乱的陈述后，让司机改了道，并温声安慰她："唐珩一直很疼阿沅，估计是怕她被欺负，考察人去了。你别担心，他和季辞很熟，不会有事的。我现在过去找你。"

唐恋这才放了心，吸了吸鼻子，盯着唐珩盘子里已经冷掉的小笼包咬紧了唇。

出了门的路茶并不知道江知禹因为唐恋的一通电话改了目的地，情节最关键的部分已然发生改变。

她刚刚到江河集团对面的咖啡店，找到了每天固定一杯黑咖啡的傅嘉莉。

时间尚早，店内人不多。

路茶排在了傅嘉莉身后，瞄到傅嘉莉打开锁屏密码付钱，静静等待着机会。

傅嘉莉明显精心打扮过，穿着浅色的衣裙，头发在脑后简单盘起，温婉又知性。脚下特意选了一双四厘米高的高跟鞋，整个人恰好到江知禹下巴的高度。

真是费尽心机。

路茶撇了撇嘴，瞧见傅嘉莉把手机放在操作台上，伸手去拿糖包。

傅嘉莉确切知道江知禹到公司的时间，特意早到了，所以一直没有看手机上的时间。她相信自己的计划天衣无缝，不会出一点岔子。

路茶想，或许自己可以利用傅嘉莉这种愚蠢的自负，将手机时间更改，让傅嘉莉错过那趟电梯，甚至上班迟到。

脑海里灵光一闪，系统心有灵犀一般，在她眼前出现了一个瞄准器。

请在三十秒内确定方向和力度撞向傅嘉莉。

路茶以前测评过几款射击游戏，这种近距离的瞄准对她而言完全是小儿科。她沉下心，盯着瞄准器的进度，在最中间的位置按下去，加码力度——

放开手。

路茶感觉到自己往前几步"不小心"撞了傅嘉莉一下。傅嘉莉手中的咖啡没来得及盖上盖子，一下子洒出去大半，纵然路茶躲闪及时也不可避免在衣服上溅到几滴。

能力 +5。

傅嘉莉看着衣服上的深色污渍，音调都高了几个度："你没长眼睛啊！"

呵，本性露出来了。

路茶压下得意的嘴角，装作被吓到的样子，拍了拍自己的胸脯，无辜地望向傅嘉莉。

"对不起，我不是故意的……哎呀，嘉莉，是你呀，我都没看出来呢，还以为是哪个阿姨这么凶。"

"你……"傅嘉莉抬手就想把剩下的咖啡泼在路茶身上。

路茶机敏地后退一步，指着傅嘉莉的衣服提醒："你的衣服被咖啡溅到了！怎么这么不小心啊，快趁着咖啡没反应过来去洗手间洗一

洗,说不定还能洗掉呢!"

傅嘉莉也知道现在不是计较这个的时候,有更重要的事情做,深吸一口气,将怒火憋回去,指着路茶的鼻子骂:"你等着,等我出来收拾你!"

路茶回她一个假笑,在她急匆匆进了洗手间,身影消失的同时,快速拿过她忘在操作台上的手机,时刻瞄着洗手间的方向,将时间往前调了二十分钟,顺手将上面的指纹擦掉后,把手机交给店员。

戏份抢夺进度百分之三十。

按照剧情发展,江知禹会在七点一刻的时候到公司,傅嘉莉会在电梯即将关闭时将电梯门打开,两人"巧遇"。而后电梯故障,两人会共处二十分钟左右。

路茶只有一次机会,一步不敢错,紧紧盯着手机上的时间。

在数字由"14"变成"15"的时候,她迈进电梯,电梯门关闭的同时,果然让她瞥到了一个模糊的身影。她立刻按下开门键,门外的人却不是江知禹。

关键人物改变,任务失败,戏份值-10。即将进行惩罚情节。

练了一晚上的笑容僵硬在嘴角,路茶立刻意识到情节发生了改变,甚至连本应该出现在这里的角色都换了。

还偏偏是季辞!

简直就像是知道她会出现在这里,特意更改剧情为了配合她一样呢!

她不信系统不知道这一切,为什么没有提醒她,反而让她一错再错？还有这个惩罚情节之前根本没有提起过。她甚至开始怀疑所谓的"抢戏"是不是系统编出来骗她的，目的就是不想让她离开游戏，永远留在这里当NPC（非玩家控制角色）。

要是身边有别的什么东西，她一定会捡起来砸个稀巴烂。

路茶心中情绪翻涌，表面上不得不维持镇定，在季辞看到她诧异地挑眉时，也只能挤出一点微笑和他打招呼："季总，早啊！"

季辞长腿迈进电梯，目光意味深长。

"是挺早的，"他顿了顿，问道，"来找江知禹？"

她在季辞迈进来的时候有一丝犹豫，但就那一秒，他人已经站到了身边，再赶他出去似乎更加可疑了。她只好眼看着电梯门关上，干巴巴地挤出一点笑容回应："您不也是吗？"

主要是这么早，没有几个人上班，她说来找和江知禹在一起的唐恋也不可能。

季辞不知道想到什么，嘴角勾了勾，象征性地"嗯"了声。

如果路茶注意观察季辞，就会发现他今天穿着休闲，一点都不像来谈生意。可是她现在满心思都是即将发生的惩罚情节，心中惴惴不安，生怕自己交代在这儿，所以完全无暇顾及身边的人。

她心不在焉，楼层也没有按。季辞看了她一眼，上前按下了20楼。

电梯稳步上升，看似没有会故障的迹象。但路茶不敢放松，紧紧握着手机，眼睛一眨不眨地盯着不断跳动的楼层，心中始终绷着一根弦，默默祈祷着千万不要在电梯里出事。

她的祈祷显然没有被听到。

不知道系统是不是故意的，在楼层即将到达，路茶准备松一口气

第三章 · 电梯惩罚

.067.

的时候，突然"轰"的一声，电梯骤然停顿。路茶一口气憋在胸口，来不及反应，脚下踉跄几步，马上扶住电梯墙面，后背死死贴紧才勉强站稳。

胸腔内的心脏快速跳动，电梯内安静到呼吸可闻。

头顶灯闪烁几下，最终还是没能亮起。

系统的声音在这一时刻听起来格外冷漠无情——

惩罚情节开启，请玩家在30分钟内离开故障电梯，否则电梯会极速降落，获得BE结局。

你被困在了电梯里，你决定——

一、拍打电梯门呼救；

二、按下呼叫铃；

三、什么都不做等待救援。

系统提示完，路茶的眼前出现了巨大的红色倒计时，在选择框出来的时候缩小到了左上角。眼看着时间在眼前流逝，这感觉并不好。

路茶努力深呼吸，让自己平静下来。

她就算了，总不能让季辞跟着倒霉。想到这儿，路茶回头看了眼垂眸摆弄手机的季辞，心中涌上一股愧疚感。虽说他归根到底是一堆数据，但现在是真实存在于她眼前的，不能让他被自己连累。

仔细判断了下选项，她记得在电视上看过，拍打电梯门会更容易坠落，还是选择第二个更保险。

路茶扶着墙面挪动到门边，想去按下警报按钮。她太过紧张，伸出手时才发现根本看不清眼前的按钮。被自己蠢到，她暗骂了一句，打开手机的手电筒，按下警报按钮。

掺杂着杂音的警报声响了足足七八分钟，都没有人来接听。

果然，系统不会那么容易让她出去的。路茶心里所剩不多的期待逐渐被消磨掉，松开了因为用力而按到发酸的手。后背靠在冰凉光滑的墙面上，忍不住瑟缩。

看来要想其他办法了。

她看了眼手机，确定没有信号，只好把求助的目光投向季辞，希望他的手机争点气。

"季总，你的手机有信号吗？"

季辞按亮屏幕，睁眼说瞎话："没有。"

路茶的肩膀一垮，垂头丧气。

季辞看起来倒是比较轻松，没有任何担忧的样子，双手插兜倚靠在墙面上，微垂着头，不知道在想什么。

路茶偷偷瞥他一眼，心中无奈。

也不知道这人是心大，还是生性沉稳，就不担心电梯会掉下去吗？

接收到路茶的目光，季辞朝她安抚性一笑："害怕吗？"

他的声线本就低沉，在黑暗的环境里格外触动路茶的心弦，莫名地让她焦躁不安的心安静下来。明明他是被自己连累了，现在还在安慰她，路茶心里有些不是滋味。

她想了想，沿着电梯墙面往他在的方向摸索了下。季辞察觉，往前一步握住了她的手。

"有一点。"她尽量忍耐，但还是听得出声音在发颤。

季辞轻笑一声，安抚性地捏了捏她冰凉的手。

季辞好感度+5。

放在往常，路茶听到系统提示会很开心。但现在，她倒是希望季辞对她的好感度不要那么高，这样万一真出了什么意外，他可以先保全他自己。

路茶心里默默叹了口气。

察觉到她的情绪，季辞干燥温热的手掌在她头顶揉了揉："一般情况下电梯坠落的发生率并不高，江河集团不是普通小公司，不用太过担心。"

话是如此，但路茶完全没有被安慰到呢。

路茶勉强挤出了一点笑容来回应他。

季辞的眸色深邃："别怕，说不定保安室的人只是暂时出去，很快会回来，看到记录会联系我们的。"

怎么可能……

路茶站在上帝视角，看着逐渐减少的时间，只觉得季辞的想法天真。

"万一没有呢？"她问道。

季辞微微笑了下，意外地笃定："不会有万一，我们一定会出去的。而且……"他顿了下，继而说，"就算出不去，还有我在，不是吗？"

他好像总是这么自信。好像他能够让人来把电梯撬开一样。

路茶看着不停歇的倒计时，时间已经过半，红光越发刺眼。她忍不住合了合眼，试图避开警告，逃避现实。

季辞有一句话说得没错，有他在身边，似乎是没有那么慌张了。反正现在除了等待，他们好像的确什么都做不了。

还有一件事情能做。

路茶走到按钮面板前将一楼到十九楼的按钮全部按亮。如果说最后时间耗尽，他们真的掉下去了，也能够祈祷有一丝生机。

季辞瞧她这么熟练的动作，略有所思："你还挺懂这类知识的？"

意识到一个不怎么出门的大小姐可能不会过分关注这些，路茶不清楚他是不是察觉到什么在试探，只好干笑着糊弄过去："还好，都是网上看到的。"

季辞似乎是觉得她说得合理，没再追问。

不知道过去了几分钟，路茶隐约听到了一点点沙沙的杂声，紧接着"嘟"的一声，一个浑厚的男中音响起，听起来年纪不小："你好，这里是保安室，请问是电梯出什么问题了吗？"

路茶倏地睁开眼睛，不敢相信地看向对话口。

不是吧？真的主动联系了？

她惊喜地拽拽季辞的手，和他平静的双眸对视，微微一愣。

他似乎真的知道保安室的人会主动联系。

路茶来不及细想，赶紧跑过去跟保安简单说明了他们的情况。

保安让他们少安毋躁，可能是最近检修、电力不稳的原因导致的，他们会立刻排查，恢复运作。

路茶着实松了口气。

季辞这时候并没有明显的喜悦，冷着一张脸，煞有介事地说："并不能保证在他们检修过程中会不会发生更严重的事故，万一电梯突然下降……"话没说完，路茶已经猜到他要说什么。

明知道是故意吓唬她,但倒计时还没有消失,她心里又忍不住打起鼓来。

她想起以前在某个视频软件上看到的关于电梯故障自救的方法,当机立断,脱掉高跟鞋,躺在了地上,让身体和地面紧密贴合。原本到膝盖的裙摆因为她的动作掀起一点,一双腿白皙笔直。

季辞眼皮不受控制地跳了跳,仓促别开视线。

"你干什么?"

"我在网上看到的,说这样可以减轻下降时的冲击力。"

"网上说空腹不能吃饭你也信?"

路荼语塞。

她想了想自己现在的姿势,好像确实蠢了些。

她抿抿嘴唇,利落地从地上爬起来。

季辞瞥她一眼,将脚旁她乱丢的高跟鞋踢过去:"鞋穿好。"

路荼小声"喊"了一下,口是心非的男人,明明耳尖都红了,好感度噌噌地涨。

瞧着季辞别扭傲娇的样子,路荼生出了想要捉弄他的心思,借着穿鞋站不稳的机会往他那边靠。

她进一步,他退一步。

直到被逼到角落里,季辞大概发现了路荼的意图,忍无可忍半转过身子,将凑过来的她接了个满怀。

"闹够了没有?"

整个人都扑在他怀里,他的呼吸落在耳边,路荼的脸颊噌地热了起来。

没想到他会反将一军,路茶的手指无措地抓紧了他的肩膀,摸到了衣服下结实的肌肉。她强装镇定支起身子,大胆地多摸了两把。

"季总的身材不错啊!"

季辞扫了眼她不安分的手,轻笑:"我也觉得。"

路茶心想:这是在比谁更不要脸吗?

季辞扶她站好,抬腕看了下表:"好了,乖乖把鞋穿好,一会儿让人看到你这副样子算怎么回事。"

路茶瞪他一眼,不大服气地穿上鞋子。

路茶单手扶着墙还没站稳,电梯突然"轰"的一声开始移动。路茶以为自己要死了,恐惧侵占了大脑,她按捺不住喉咙里的声音,本能地尖叫着扑向季辞。

季辞始料未及,被她扑得后退几步,撞上了墙面。他闷哼一声,怕路茶受伤,一只手扶着她的腰,另一只手挡在她的脑后。

直到电梯平稳停住,路茶还窝在季辞的怀里没反应过来,攥着他衣服的手指尖发白。

季辞扫了眼到达的楼层,松开了放在她腰间的手,低声提醒她:"没事了,已经到了。"

路茶大脑一片空白,完全不知道电梯已经恢复,到达了第20层。她瞄了眼已经逼近末尾的倒计时,在他怀里摇头:"倒计时还没有消失……"

"什么?"

路茶意识到自己说漏了,立刻闭上嘴巴,不敢再吱一声。

好在季辞没有听清，也没有追问。

他拍了拍她的头："电梯已经恢复了，我们到第20层了。"

路茶这才反应过来，撑起身子。

"叮"的一声，电梯门缓缓打开。

她听到系统提示——

恭喜玩家成功逃脱。戏份+20，能力+5。

倒计时的红色终于消失，路茶心里绷着的那根弦蓦地松了下去。

但她还没有完全放松下来，就看到门外表情各异的众人，她心里的石头又重新被提了起来。尤其是看到唐珩铁青的脸色后，她心里咯噔一声，直觉不好。

她还是第一次见唐珩这么生气。

唐珩原本打算直接找季辞谈谈，没想到季辞说他和路茶被困在电梯里，他顾不上质问，急忙来了江河集团。保安也是在唐珩的催促下用最短的时间恢复了电梯的运作。

对唐珩来说，什么事情都没有妹妹的安全重要。

唐珩和季辞的目光在空中无声碰撞，他给了季辞一个警告的眼神，冲着路茶招了招手："阿沅，过来。"

路茶下意识咽了下口水，不知道自己在心虚什么。她偷偷瞄了眼气定神闲的季辞，低着头僵硬地走出去。

之前过于紧张，肾上腺素飙升，迈出电梯才发现自己腿软发麻，走路姿势都有些别扭，还是唐珩扶了她一把才没有摔倒出丑。

路过江知禹的时候，路茶看到躲在江知禹身后的唐恋冲她挑衅地弯了弯眼睛，无声地说了三个字："你完了！"

路茶暗骂唐恋是幼稚鬼。

路茶回了唐恋一个假笑，亦步亦趋跟在唐珩身后，点开看了眼他的好感度，确定没有减少，心里便有了底。

有好感度这个免死金牌在，真有问题，她只要慎重做选择就可以了。

唐珩直接带着路茶下了楼，将她塞进车里，全程一言未发，表情严肃。路茶借着整理乱掉的头发的动作悄悄在缝隙里观察他，想着自己要不要先打破沉默。

最后还是唐珩发现她的小动作，或许是意识到自己的态度有些强硬，他轻轻吐出一口气，拍了拍路茶的头，问道："没受伤吧？"声音还是一如既往的温柔。

路茶摇了摇头，大着胆子往他身边凑了凑，轻声讨好："哥哥，我没事。我也没想到电梯会突然停下，幸好有季辞在……"话没说完，她敏锐地发现唐珩在听到季辞的名字后脸色变了变，及时住了嘴。

她不确定唐珩是因为唐恋说了什么才对季辞有意见，还是因为季唐两家的关系。但之前唐珩喝醉的时候，感觉两人关系还可以啊……路茶有些不太明白。

唐珩抬手轻揉了揉她的头发，没提到季辞。

"没事就好，下次再遇到危险的时候记得第一时间联系哥哥，知道吗？"

路茶乖乖点了点头。

她不知道自己的眼睛还红着，脸色也不太好，明显是被吓到了。

单看她这个样子，唐珩完全不忍心多问什么。

尽管如此，他还是提醒了一句："阿沅，你年纪还小，感情的事情不急。如果你有了心仪的对象，可以先带来给哥哥看看，毕竟这个圈子里的人心思深，你这么单纯，被骗了就不好了。"

听出他意有所指，路茶愣了愣，立刻明白唐恋瞎说了什么。

她和季辞应该属于暧昧期，不像唐珩理解的那么亲密，也确实没办法解释，只好装作"不太懂，但我听话"的样子点点头应着："知道啦，哥哥。"

见路茶答应了，唐珩便不再多说什么，心里暗暗琢磨着怎么收拾一声不响打算把自己妹妹骗跑的季辞。

第四章

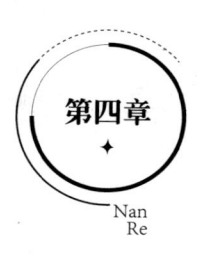

Nan
Re

修罗场

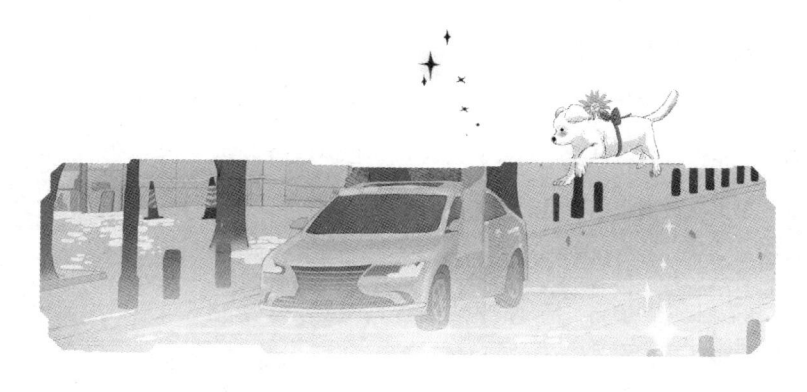

故事还是蛮感动人的，但最后这个设置怎么看着
有些刻意。

到家后，路茶连卸妆的心情也没有，进了房间就扑到床上左右滚了几下，感受到身体落在实处的安全感，整个人才逐渐放松下来。惊吓过后的困意来袭，她不受控制地闭上眼睛，睡了过去。

她陷入了梦魇。

分不清是自己还是唐沅，同样是被关在电梯中，老旧的电梯外层贴了薄木板，没有警铃，也没有信号，按键失灵亮不起来。恐慌占据了内心，她不停地拍打着电梯门，却没有一个人来救她。

空间里满是黑色和灰色，反反复复，异常沉闷，压得路茶喘不过气。她想要挣扎着醒来，却仿佛被什么束缚住，完全无法挣脱……

最后，她是被一阵急促的敲门声惊醒的。

路茶盯着天花板喘了几口气，感受到胸腔内的心跳逐渐平缓。

这个梦仿佛代表着她现在的困境，看似安全，却没有出路，随时有挑战生命极限的可能。如果说泳池事件让她明白自己没有选择的余地，那这次被困在电梯里则让她更加坚定了尽快通关离开的决心，不然哪天她的小命怕是真的会交代在这儿。

等她整理好情绪，门外的人也等急了。门刚打开，唐恋就迫不及待冲进来，一点礼貌也没有，气势汹汹的仿佛要问罪，却在看到她的脸时露出了嫌弃的神情。

"你是去出演鬼片了吗？"

路茶精神不振，后知后觉唐恋是在说自己妆花了。

她揉了揉胀痛的太阳穴，让唐恋随便坐，自己进了洗手间卸妆，顺便用冷水让自己清醒一下。

等她出来，看到唐恋正大大咧咧趴在她的床上，伸手去够床头柜上的东西。

路茶过去踢了踢唐恋露在外面的小腿："妹妹，谁教你可以在别人房间里这么放肆？"

唐恋一个翻身，像受惊的兔子般从床上下来，手下意识地藏到背后，说话结结巴巴："怎、怎么了？你不是我姐姐吗？姐妹之间哪分你我？"

路茶眯了眯眼睛，轻笑了声："那还是要分的，毕竟亲姐妹明算账，你也不希望我和你平分江知禹吧？"

唐恋脸色变了变，刚想反驳，路茶继续说："你想要什么可以跟我说，但是擅自拿的话，被爸爸妈妈哥哥他们知道了，就不太好了。"

她软着一双眸子，眼里尽是狡黠。

唐恋气得咬了咬牙，不甘心直接将东西还给她，试图转移话题："你那是卸妆吗？不会是用水随便扑腾几下吧！"

路茶无奈，心想：身为女主，你转移话题的能力是不是太弱了！

她懒得跟唐恋多说，一边转身要往门边走，一边说道："你偷拿我东西，我这就去告诉哥哥。"

知道唐珩无论如何都会维护路茶，唐恋连忙绕着床边跑过去，拦在门口，顺便将门关了个严实。

唐恋背靠着门，双手藏在背后，警惕地看着路茶。

第四章·修罗场

"你不要胡说八道,我没有偷你的东西!"

"没有偷?那你手里拿着的是什么?"

唐恋攥紧了手,知道自己不占理,慢慢将手从背后拿出来,恋恋不舍地展开:"我就是想看看……"

两张演唱会门票被唐恋握得皱巴巴的,路茶心疼极了。

这可是她被调戏换来的道具啊!就这么被蹂躏了!万一以后需要用到的时候,倒霉系统用已损坏来搪塞她怎么办?

路茶正要谴责,却见唐恋头顶闪闪发着光的女主光环仿佛在提醒她什么。

她只好轻咳一声,语气和缓:"你想要拿着也可以。"

"你有这么好心?"唐恋没想到路茶会这么大方,瞪大的眼睛里满满都是疑惑,猜测路茶又想要搞什么鬼。

路茶看出唐恋的警惕,心中无奈。

路茶当然知道自己上一秒还怒气冲冲,下一秒就春风和煦的态度实在不大正常。

但就算是不怕女主的地位,也怕唐恋头上的光环。和女主反着来肯定是会倒霉的,早上的事情还不算教训吗?与其总被系统掌控在股掌之间,不如和唐恋打好关系,增长唐恋的好感度,拉到一个阵营来,这样之后想要涨戏份值不也轻松一点?说不定还能蹭点女主的运气,反过来收拾系统。

路茶这绝对不是屈服,只是想要多个朋友多条路,也是有效利用道具。

为了在唐恋面前保持人设,同时还能让唐恋毫无顾虑地收下道具,路茶假装叹了口气，很是遗憾地说："小恋，我知道你对我一直很介意，但我是真心把你当妹妹的，也希望你可以幸福。这票是我一位朋友送的，本就是打算送给你做礼物的，现在被你发现了，可惜没有惊喜了。"

"我生日是十二月份，还有好几个月。"

唐恋虽然好哄，但不傻。

听路茶这么说，她心中便认为路茶原本的计划是和江知禹去看，现在被发现了，才不得不将门票给出去。这也能解释为什么路茶一大早就去江河集团，肯定是去约江知禹的，结果反被困在电梯里，自作自受。

路茶被唐恋一句话噎住，但随机应变很快："谁说是生日了……"她大脑飞速运转，边说边思考距离现在最近的节日是什么。

想了半天，路茶憋出来一句："过几天是世界牛奶日，这是我为你准备的礼物。"

唐恋有点蒙："有这个节日吗？"

"有！"路茶斩钉截铁地回答。

唐恋将信将疑。

系统在这个时候跳了出来——

是否将道具"霍作的演唱会"门票赠予唐恋？（请玩家慎重做决定，可能会影响主线剧情）

路茶回复："是。"

唐恋好感度 +50。

路茶震惊了。

女主的回报率这么高的吗？

第四章·修罗场

.081.

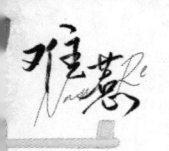

她点开好感度面板，找到唐恋的选项点进去——好感度0。

哦，差点忘记了，之前唐恋的好感度是负数，现在只是归零了。系统还挺会玩文字游戏，她白高兴了。

唐恋不是拿人嘴短的性格，收了门票后，跑回房间拿了另两张票递给路茶。

"本来我是打算和知禹哥去游乐园玩的，现在可以去看演唱会了，就把去游乐园的机会给你吧！别说我抢你东西！"

路茶欣然收下，这也算得上意外收获。

戏份+5，获得道具"唐恋的游乐场门票"，唐恋好感度总值0。

路茶无语。

0分什么的就不需要再提醒一次了！

游乐场是再经典不过的约会场所，各种游乐设施和热闹的环境会快速拉近两人之间的距离，也是各种乙女游戏中必不可少的情节，足够精彩，还能够增加戏份。

这样的好机会，路茶当然不能放过，当晚就约了季辞。

但她不是直接发的消息，而是用了一种迂回的手段——发朋友圈求同行伙伴，并且为了排除干扰，设置了仅他可见。

最厉害的猎人往往都是以猎物的方式出现的。

像季辞这样各方面都优秀的人哪怕是在游戏里也必然是极度受欢迎的角色。他见过的人太多，各型各色，主动出击只会让他觉得疲倦无味。不如换种方法，让他在众多的邀约中"无意间"发现一条清流。

通过之前的几次相处，她应该已经打破流言中的固有印象了，接下来便是要塑造一个好的人设，让季辞发现这个女人和其他人不大一样，有点意思。然后成功把他吸引住，攻其所好，最后拿下。

这是路茶跟着综艺学习这么久以来总结的经验。

不是所有人都适用，但季辞肯定是会愿者上钩的一个。

朋友圈发出不到五分钟，季辞便回了她："游乐园？"

路茶想到像他这样每日忙于工作的总裁一定很少到这种地方玩，说不定会认为那都是小孩子玩的，不感兴趣。所以她借了唐恋的名头，说是妹妹送给她压惊的礼物，不忍心拒绝，又不想浪费掉一张票，才想着求一个伙伴。

一位多么善良温柔的好姐姐啊！

路茶自己都要感动哭了。

果然，两分钟后，季辞信了她的话，问道："我在电梯里也受了不小的惊吓，不介意的话，我陪你去？"

鬼扯！他当时那副镇定自若的神态完全不是被吓到的样子好吗？这种借口说出来都不脸红的吗？

路茶轻哼一声，翘着嘴角回复他一个可爱猫猫的表情包。

工作日季辞要上班，时间便约在了周末。

这天，路茶特意早起了一个小时来收拾自己，在万般纠结下，选了一件短款的粉色格纹衬衫，下摆在侧腰系了一个小小的蝴蝶结，露出一点细白的腰肢，青春活力又带了点小心机。

明艳的衣裙穿多了，就要换一种方式让他印象深刻。

路茶不喜欢让人等，她特意提前十分钟到了游乐场门口，一眼就

看到了被两个年纪不大的女生围着的季辞。

她就说季辞受欢迎吧!

路茶没有立即跑过去争抢主权,而是等了两分钟,在两个女生走后,才过去拍了拍季辞的肩膀。

"等很久了吗?"

女孩笑容明艳,双手背在身后站得笔直,阳光打在她身上,有一层淡淡的光晕。

季辞愣了一瞬。

"没有,我刚到。"

"是吗?"路茶歪头看向走远了的女生,揶揄地说,"我看到她们两个跟你搭话了,该不会是问路吧?"

季辞没有听出她的话里有醋味,但看她狡黠的眼神,知道她是故意表现自己对他没有想法,只是"单纯"和他来游乐园,激起他的胜负欲。

这叫什么?

欲擒故纵。

他微勾嘴角,接过她手中的门票往园内走。

"园内有路牌,轮不到我帮忙……"

他话说一半,路茶的好奇心被勾起来,不得不追问:"不是问路,还能是什么?"

季辞站在检票处,单手插兜看向她,眼神意味深长:"你很在意?"

这话问得模棱两可,没有说明她在意什么。

路茶知道自己踩进了他的坑，迅速调整状态，深吸一口气垂下眼帘："有一点点。毕竟，你很受欢迎嘛。"

季辞动作一顿，瞥了眼她泛红的耳朵："这倒是。"

路茶闻言翻了个白眼。

季辞从工作人员手中接过撕掉票根的门票，不太在意地说："好像有电视台录节目，在招路人嘉宾，她们问我要不要试试。"

季辞好感度+5。

路茶听到提示，怔怔望着他领先几步的背影，忽而弯了弯眼睛。

这不就是个嘴上满不在乎，心却格外柔软的傲娇嘛！

游乐场新开不久，但设施齐全。恰逢周末，到处人山人海，排着长队。

路茶看了看园区的介绍，又望了望周围比较近的设施，手指划过上面游客嗷嗷直喊的过山车，指向了左边，向季辞建议："我们去玩那个吧！"

顺着她手指的方向望过去，平台上各种大小不一、颜色各异的木马旋转起伏，灯光五彩缤纷。

季辞沉默半晌，问道："你是小孩子吗？"

路茶晃了晃头顶的两个小鬏鬏，笑道："是呀，我未成年，哥哥。"

女孩子图浪漫玩这种设置也就算了，他一个三十岁的成年男人也要上去是不是太过分？那马都没有他高，万一承重不足摔下来怎么办？季辞试图和路茶商量换一个。

路茶坚定地拒绝。

第四章·修罗场

.085.

她当然不能告诉季辞，选择旋转木马还有一个很重要的理由是她无法保证其他游乐设施不会让系统钻空子，再来一次生死时速。毕竟这一眼望去，不是过山车就是激流勇进，连碰碰车她都觉得会有车翻人亡的危险，不敢尝试。

唯独旋转木马节奏缓慢，离地面也近，至少安全系数会高一点。

生怕他会直接甩手走人，路茶死命拽着他的胳膊，一双眼睛满含期待地望着他，就差晃着他的胳膊娇声娇气叫哥哥了。

季辞无奈："仅此一次。"

一次就够了！

路茶得到他的同意，飞一般拉着他到了旋转木马前排队，成功在上一轮结束后骑上了木马。

新的一轮开启，灯光闪烁起来，木马启动，缓缓旋转着。棚顶的音响也开始播放音乐："门前大桥下，游过一群鸭，快来快来数一数，二四六七八……"

季辞无语。

浪不浪漫他不知道，生无可恋倒是感受到了。

知道季大总裁觉得这种类型的游乐设施幼稚，为了"顺毛"，路茶答应陪他去玩他想尝试的项目。季辞的脸色这才好一些，拉着她到队伍最长的一个设施前，说道："就这个吧。"

最高点一眼望不到顶，车子飞流直下，一个冲刺点的刺激还没过去，下一个已经到达眼前。游客的尖叫声此起彼伏，路茶甚至能看到有人的鞋子甩飞出来了。

这要是出点事……

路茶深深怀疑季辞是故意要"报复"她刚刚选择旋转木马这件事。

她紧紧拽着季辞的衣服,妄图使他改变主意:"季总,要不然换一个吧,这个有点过于刺激了。"

季辞看了她一眼,将她微颤的手握进掌心,拇指摩挲着她的手背,看似无意地问:"知道吊桥效应吗?"

路茶恰好知道。

说起来过山车也是这样一个道理。在强烈的刺激下导致心跳加速,如果这时候你身边恰好有一个人,会很容易产生依赖和信任,甚至心动。

她被困在电梯里的时候,也体验过这种短暂的心跳加速。

但他为什么突然提起这个?是在提醒她抓住这次机会,还是暗示他对她也是有所图的?

路茶被他一路牵着走,满脑子都在思考他话里的含义,直到"咔"的一声,腰上的安全带被扣上,她才猛然反应过来——

哪有什么意思,分明是故意分散她的注意力将她"骗"上车!

路茶咬了咬内腮的肉,带着点怨念望向他。

季辞收到她的讯号,眸光浅淡,微微笑了下:"害怕的话握紧我的手。"

他将手摊开在两人中间,不主动,也不退缩,坦然得仿佛真的是为了安慰她。

路茶才不信。

但有肢体接触获得好感的机会她不会放过。

第四章 · 修罗场

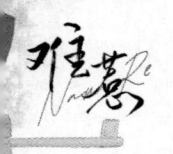

路茶没有犹豫,直接覆上了季辞的手,和他十指紧扣,嘴硬道:"既然季总害怕的话,那我就把手借给你吧!"

季辞看着她倔强的小表情,浅笑着回握住了她。

要不是脚抖得跟踩了缝纫机一样,他就真信了她不怕。

季辞好感度+10。

路茶意外地挑了下眉毛,果然过山车可以促进感情。

但还没得意多久,过山车突然一动,逐渐往前滑行。

她大脑瞬间紧张起来,另一只手死死扣住了座位扶手,心跳声在胸腔内逐渐放大,一下一下,在过山车到达最高点时和它一起停住,然后猛地下滑——

路茶:"啊!"

系统忽然在她眼前跳出巨大的红色感叹号:"玩家心跳已超速,请注意调节心态!"

路茶:"啊啊!"

"玩家心跳已超速,请注意调节心态!"

路茶:"啊啊啊!"

"玩家心跳已……"

路茶:"啊啊啊!"

她压根儿听不见系统的声音,死死攥着季辞的手和座位扶手,耳边风声猎猎,脑袋内一片空白,只能大声喊叫排解自己的恐惧。

这根本不需要系统来设置什么特殊的体验,一趟下来,路茶的腿比之前从电梯里出来时还软,跟没了半条命一样,虚虚靠在季辞身上,听着系统一次又一次提醒季辞的好感度增加。

季辞看她是真的吓得不轻，扶着她到园内的红色长凳上坐下。

"还好吧？"

路茶声音极小："不太好。"

要靠在他的手臂上，摸摸肱二头肌才能好。

季辞扫了眼她挡在脑袋下不安分的手，觉得自己白担心了，带着气音笑了一声："你要不要换个地方摸？"

"好啊！"

路茶立马抬起小脑袋，头发被风吹得凌乱，眼睛明亮不已。

季辞无语。

意识到他并不是在邀请她，路茶心虚地别开眼，摸了摸鼻尖："大庭广众之下你矜持一点啊！"

还是他的错了？

季辞气笑了。

行，他矜持。

季辞好感度 -5。

路茶蒙了。

这……就有点过分了吧！她可是差点心跳过速下不来过山车啊！快看看系统面板上提示的一堆数据，全是红色，多么触目惊心！怎么可以这么不体谅她呢？她不就是摸了两下肌肉吗，小气鬼！

路茶气得抿起嘴，脸颊微微鼓起，眼带怨念看向季辞。

后者视若无睹，望了望周围，目光停留在园区内流动的餐车上。

季辞问道："想吃什么？"

路茶说："热狗薯条鸡块冰激凌。薯条鸡块要多拿些酱，冰激凌

第四章·修罗场

.089.

要两个不同口味的！"

"你一个人吃这么多？"

路茶"哼"了一声，点点头。

她这是化悲愤为食欲。没有什么事情是一支冰激凌不能解决的，有的话，就两支冰激凌。

时近中午，餐车旁的人有些多，季辞一时半会儿回不来，路茶便开始研究下一个要去的游乐设施。体验过了过山车的刺激，她绝对不会再去玩这种挑战极限的项目了。路茶在宣传册上翻了翻，决定带着季辞去密室逃脱！

游乐园的密室逃脱是恐怖主题，也是情侣必去的推荐地点。

路茶就不信，在那种恐怖的氛围下，季辞还能淡定如初的不往她身上扑。说不定失去的好感度还能补回来。绝对可以让他体验一把"女友力"的好处！

越往密室逃脱走，附近的人越多，甚至比旋转木马那里多出了好几倍。排队处却空空荡荡。大多数的人都围在密室逃脱的外边，三三两两站着激动地交谈着什么。

路茶一路过来，一开始没怎么在意，但在她注意到这些人穿的衣服上面别的徽章后，觉得那上面的花纹有点眼熟。

她一时想不起来，但很快从旁人的谈论中捕捉到一个耳熟的名字。

不会这么巧吧？

路茶下意识直了直腰，往人群中央靠近密室逃脱的地方望了眼，还真就让她找到了那个在阳光下白到反光，一举一动都能让周围人低声尖叫的偶像的身影。

恰好有工作人员过去跟霍作说话，他一转头，正对着路茶所在的方向。

怕被他发现，路茶猛地缩下身子，躲在人群后。

当着季辞的面遇见霍作，该不会是什么修罗场的局面吧？路茶心中抓狂。怎么就偏偏遇到他了呢！

不行，她必须要避免这种情况的发生。

季辞注意到她奇怪的举动，很是疑惑，拎着她的后衣领将她拽起来。

"你干吗？"

路茶仿佛被拿住了命运的后脖颈，一动不敢动，努力向下低着头，挡住脸。

"我系鞋带。"

"你哪儿有鞋带？"

路茶低头一看。

她为了方便，出门时穿的恰好是一双矮跟玛丽珍，只有一根带子搭在脚背，扣得死死的，完全没有松开的痕迹。

路茶"啊"了声："我以为它开了。"

季辞从她细微的表情中察觉了她的紧张，刚想说什么，忽然被她握住了手。

"人这么多我突然不想玩这个，我们去玩其他的吧。"

她目光真切，撒娇一般晃了晃他的胳膊。

季辞也不知道有没有看出她的迫切，微微抬了下眉，没说话。

第四章 · 修罗场

路茶怕拖久了被霍作发现,也顾不上季辞信不信,索性直接搂住了季辞的胳膊往前拽。

但没走几步,霍作还是发现了他们。

他三步并作两步穿过人群,在工作人员的保护下走到他们面前,冲着路茶甜甜地笑了下。

他没戴口罩,阳光映得他的眼睛更加明亮,仿佛缀了一丝金色进去。

"姐姐,你要跑到哪里去?"

简简单单一句话,令周围人压抑不住激动的心。

路茶迈出的脚步僵在原地,感受到无数投在她身上的视线,认命地眨了眨眼。

恭喜玩家成功触发"修罗场1.0"剧情,请玩家选择一个阵营并使其好感度达到80,失败则直接陷入惩罚情节。

她就知道!

怪不得系统之前一点没折腾,原来是在这里等着。

或许是见路茶没有反应,霍作又叫了她一声:"姐姐,你不会忘记我了吧?上次我们两个可是……"

这要让季辞知道她曾经和其他男人单独待在厕所隔间里,指不定会有什么不对劲的想法。虽说适当吃醋可以促进好感度的增加,但现在他们两个还没什么进展呢!

路茶连忙打断霍作的话,转头看向季辞,想偷偷拉着他跑:"啊!我想起来有东西忘在车上了,我们去取吧!"

季辞没动。

他瞥了眼满脸笑容的霍作，又转头看向路茶："我怎么不记得你还有个弟弟？"

"异父异母的亲弟弟您信吗？"

季辞冷冷地说："你猜我信不信？"

路茶欲哭无泪。

她当然知道跑不了，但还是想试试。要知道修罗场这样的情形从来倒霉的都是玩家自己，只要系统设置够变态，她就必然会栽坑。

霍作对路茶的好感度不多，倒也没有说想要和季辞争她，只是见她敢怒不敢言的样子可爱，总忍不住想要逗弄几下，而且他一直因为路茶对自己毫无感觉而耿耿于怀。他好歹是个人见人爱的偶像，怎么她一见到自己就跟看见鬼见愁一样？

他可是很要面子的，尤其在众多粉丝和路人面前。

霍作提议："姐姐是要来玩密室逃脱吗？刚好我需要一个路人嘉宾，不如一起？"

得知偶像要和其他女人一起进入密室，旁边的粉丝开始躁动，但因为路茶身边还有个季辞，以为他们是情侣，又放了点心，只有羡慕，没有嫉妒。甚至还有人催促路茶快点答应，毕竟这样的机会千载难逢。

路茶扫了眼周围尚未架好的摄像机，知道是在录节目，连连摆手："不了不了，我们两个人，不打算分开。"

其实是怕节目播出后唐恋看到会找碴儿。路茶可是好不容易才归零唐恋的好感度，就算不提高，也不能再降回去了。

还有一点，她的话相当于选择好了阵营，坚定不移站在季辞这一边，抱紧隐藏人物的大腿。

话音刚落，系统提示——

季辞好感度 +1。

路茶无语了。

加 1 分像话吗？

本以为季辞的好感度已经到 60 了，到 80 是很简单的事情，结果还搞这一出！她就知道倒霉系统不可能让她简单过关。

霍作很是失落："姐姐，你忍心让我一个人走那么可怕的关卡吗？"

忍心！很忍心！

姐姐我过的关卡比你想象的要可怕多了，一个密室逃脱算得了什么。

路茶不吃他这套，想都不想就要回绝，没想到身旁的人忽然开口："去，也可以。"

路茶一愣，不解地看向季辞。

季辞低头将她被汗水黏在额头的发丝拨走，对霍作说："我们两个一起当你的嘉宾。"

路茶明白了。

修罗场嘛，一起 battle（战斗）才有看点。

但倒霉的是她啊！

奈何季辞都答应了，她无法再拒绝，只好和季辞一起跟着霍作到了密室逃脱门前。

一切准备妥当后，三人被蒙上眼睛带进了密室。

她之前看过宣传手册上的简介，知道这是一个带恐怖元素的古风密室，开始可能会将玩家分开，各自攻克一个单独的房间，会合后再继续走故事线。

所以当她摘下眼罩发现房间里只有自己一个人的时候，她并没有慌张，而是简单观察了一下房间，确定不会有扮成鬼的工作人员出来吓唬自己，才缓慢移动到桌边，拿起任务卡。

上面是一道解谜题，字数不多，但问题很刁钻。

路茶题还没读完，就听到系统的声音：

"请玩家在十分钟内解开谜题离开房间，否则将进入惩罚情节。"

路茶无语地放下任务卡。

这也来？

能有什么惩罚情节啊？

惩罚情节试加载……

路茶没想到还有这种试用功能，尚未反应过来，突然距她最远的一面墙传来"咚咚咚"的巨响，仿佛是有什么在用重物敲打着墙面。

同时系统上方的倒计时开始飞快变化，转眼就过了一分钟。

她下意识爆了句粗口，连忙去看手中的任务卡。

系统又有提示——

玩家说脏话不符合人设，能力 -10。

路茶摊手。

敲击墙面的"咚咚"声还在继续，路茶没有时间吐槽和抱怨，努力忽视外界的噪音，将注意力集中在任务卡上，大脑努力在褶皱中寻

找碎片编织成答案。

好不容易有了点思绪，路茶拿过一旁的笔想要记下些什么，突然不知道从哪里传来一声惨叫，吓得她心跳猛地暂停了一瞬，手中的笔也掉在了地上。

听声音……似乎是霍作？

她不认为季辞能叫得出这么凄惨的声音。

说不定他是最悠闲的一个，早已解开了谜题在外面等着他们。

而霍作作为收视率的保证，一定会被导演组各种整蛊，惨叫两声没什么。

相比起他们两个，她才是那个最倒霉最危险的。

笔一路滚到了桌子下面，路茶不得不探身进到散发着幽绿色光芒的桌子下面去捡。拿到笔的同时，她也捡到了一个小小的青花瓷瓶。

恭喜玩家获得游戏道具"主人的炼丹瓷瓶"，可在密室中用于驱散恶兽。

系统自动帮她收起了道具，眼看上方倒计时所剩无几，路茶飞快在纸上写了几行字，破解后得出了四个数字。

她用平生最快的速度飞奔至密码门前，输入密码通过个人关卡，冲出了屋门。

恭喜玩家成功解开谜题。戏份+2，能力+5。

路茶看到那点奖励忍不住抹了把心酸泪。

她差点就死在密室里了，就给这点东西，未免也太苛刻了吧！

系统提示音响起："玩家所用时间越少，奖励越多。"

行吧。好在之后是三个人一起行动，她不行还有其他两个人帮忙。

三个臭皮匠顶个诸葛亮嘛。

说到其他两个人,路茶看了看自己身处的窄路,前后空空荡荡的,除了刚才她出来的地方,没有其他房间。

难道她要自己去找他们吗?

路茶试探着往前迈了一步。

突然"咔哒"一声,她感觉到自己踩中的那块砖突然下陷了。

完了。

路茶掉下去的时候,脑袋里只有这两个字。

她没有摔到很疼,而是落在了一个有温度的、柔软的东西上。鼻息间的气味有些熟悉,但她不敢睁开眼睛,睫毛微微颤抖,每呼吸一下都很小心。

"你是打算当睡美人吗?"

听到熟悉的声音,路茶倏地睁开眼睛。

季辞坐在沙发上无奈地看着她,胳膊横在她的后背和膝窝,完全的公主抱姿势。

也不知道他是怎么接住她的。

路茶张了张口,扑过去抱住了他的脖子,用力咬了下舌尖挤出眼泪:"吓死我了!我以为再也见不到你了!"

季辞僵了一瞬,略有迟疑地拍了拍她的后脑勺:"没事,游戏而已,太害怕的话让节目组放我们出去。"说着季辞拿起了桌上的对讲机。

路茶这才想起来,进密室前工作人员给霍作塞了个对讲机,但他为了体现自己胆大心细,硬是没要,被季辞拿了过去。而霍作现在再

第四章 · 修罗场

害怕，也得全部受着，不能喊停。

怪不得刚才霍作喊得那么大声。

路茶在心里嘲笑了霍作一下，按住了季辞想要联系工作人员的手。

"还是算了，毕竟答应霍作了，把他丢在这么可怕的地方不好。"

看看她多善良啊！

路茶正为自己说的话而感动时，季辞忽地松开抱着她的手站起身。她顺势在沙发上翻了个身，趴在了带着霉味的布料上。

她咳嗽了几声。

道具做得太真实了吧！

季辞站在桌边，不满地扯了扯她右侧的揪揪："不说我都忘了，你什么时候认的弟弟？"

他这算不算是吃醋？也有可能是激发了他的胜负心。

路茶委委屈屈地爬起来，伸手去扯他的衣服："那只是一个美丽的意外，我不喜欢弟弟的！"

季辞没看她，神色淡淡地说："你喜欢谁和我也没什么关系。"

路茶意识到了危险！

怕季辞好感度直线下降，路茶情急之下扒着他的胳膊踮起脚，凑近他耳边，一字一顿小声说："有关系的！"

密室内没有空调，路茶靠得太近，两人周边的温度陡然升高。

季辞感受到了自己不受控制的心跳和呼吸，微微皱眉，握住她的手想将她推开一些，却在转头时估错了距离，脸颊擦过了某个柔软的物体，在脸上留下一道很浅的红色印记。

他愣住了。

路茶也愣住了。

季辞好感度 +1。

季辞好感度 +1。

季辞好感度 +1。

季辞好感度 +1。

季辞好感度 +1。

……

恭喜玩家获得角色好感度达 80，顺利完成"修罗场 1.0"测验。戏份 +10，能力 +10。

霍作进来的时候，轻易就察觉到屋中的氛围有些微妙。

他在两人之间扫视了一眼，瞬间了然，却故意问道："姐姐，我不在的时候，你们两个做了什么不可告人的事情？"

他语气中调侃的意味太明显，路茶差点以为他在监视器前看到了一切，但看到他浑身狼狈，想起了之前的惨叫声，又觉得节目组不会放过创造看点的好机会，于是面不改色地说："别胡说八道！"

季辞淡淡瞥她一眼，略有谴责的意思。

路茶无语。

等一下，季辞眼中那种被轻薄的怨念是哪里来的？刚刚是意外好吧！她没有想那么冒进，弄巧成拙不是更糟吗？而且一分一分加的好感度是凭空来的吗？现在做出一副高冷的样子！你白占便宜了呀！

季辞这副样子更让霍作坚定内心的想法，恨铁不成钢地叹了口气："姐姐，我知道总会有情难自禁的时候，但这里有许多隐藏的

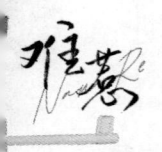

摄像机，你多少注意一点。"

路茶腹诽道：注意什么啊！怎么好像是我真的强迫季辞做了什么一样？还情难自禁！我再饥渴也不可能对数据这样！这两个人在颠倒黑白欺负我这方面真是出奇的一致。

眼看路茶生着闷气快要夺毛，季辞往前一步拍了拍她的小脑瓜："好了，知道注意就行。现在的首要任务是快点从密室里出去，我们去下一关吧。"

路茶要不是看在好感度的分上她就要上嘴咬了。

得了便宜还卖乖，这人最过分了！

之后的关卡因为三个人共同协作，进展得很顺利，密室的整体故事也逐渐浮出水面——

冷酷无情的丈夫为了家产谋害了病弱的妻子，妻子含恨回来复仇，丈夫心中恐惧找了所谓的大师来驱赶妻子，却没想到一切都是"大师"为了让他认清罪孽而安排的。

到了最后一关，丈夫甘愿伏法，妻子也愿意离去，但要求两位玩家接吻十秒，是让妻子相信这世上还有真爱才可以解锁，否则将面临恶兽的追赶。

故事还是蛮感动人的，但最后这个设置怎么看怎么有些刻意。

密室的设计者喜欢当红娘是吗？这让作为在场唯一一个女生的她很尴尬啊！

尤其是在霍作听完任务后眼睛放光地盯着她的时候。

这让季辞怎么想？这让节目播出后的观众朋友们怎么想？

大哥，你注意一下你是个偶像这件事情好不好？

路茶也知道这是一个能获得季辞好感度的好机会，假如没有之前的那次意外的话。

好在导演组虽然想制造爆点，也怕霍作的粉丝有意见，并没有强制要求他们一定要自愿站出两个人，而是可以选择抽签的形式，靠运气选人，还可以测试"情侣"的默契度。

路茶欣然同意。

公平公正公开，系统难得人性化一次。

不一会儿，做好的签子被送了过来。一共三根，两根尖部染红，另一根没有。抽到没有染红的人是安全的，而另两个则要在NPC面前接吻十秒。

红绿相间的幽暗灯光下，三人站成一个三角形，同时伸出手拿到签子，仿佛在举行某种奇怪的仪式。

路茶扫了眼周围，认为这绝对是布景的锅。

拿到签子后，路茶没敢直接亮出来，而是小心翼翼握在手心里，半转过身偷偷地检查了下——没有红色。

她生怕头顶灯光会混淆视线，找了个灯光正常的地方再次确认，的确没有红色。

也就是说她是安全的，既不会损失掉季辞的好感度，也不会被唐恋看到节目产生怨念。

自从到了游戏中，她还是第一次运气这么好，心情过于激动，一下子没有抑制住小小地叫了一声，成功引起了另外两个人的注意。

路茶欢喜地转过头，在看到两人各异的表情后，意识到什么。

第四章·修罗场

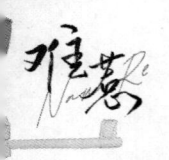

她抽到了唯一没有涂红的签子，也就说明接吻的人是……

她忽地捂住了嘴。

不得不说，系统的这个随机性还真挺……刺激。

这个结果路茶能接受，节目组能接受，播出后的观众能接受，但两位当事人无论如何接受不了。

霍作还能好脾气地试图跟节目组讲情换一种方式。

季辞则直接当着路茶的面，"咔"的一声折断了木签。

路茶抬头撞上他没有温度的眼神，一个激灵。

季辞好感度-5。

季辞好感度-10。

季辞好感度-15。

……

加分的时候一分一分加，减分怎么还成倍来啊？

她就压根儿不该对系统抱以侥幸！

路茶不能再让好感度这么持续减下去，动作比脑子快多了，想都没想直接朝着季辞扑了过去，一把抓住了他用力握着签子的手。

"节目组这个设置实在是太过分了！我们不接受这个任务，恶兽追就恶兽追，我之前捡到了驱赶用的道具，不用担心！"

季辞眉毛动了动："你确定？"

"确定！非常确定！"

"我看你刚刚还挺开心的。"

"没有的事！我是因为想起自己有道具才开心的！绝对没有其他意思！"

路茶急得脸通红，额头生出密密麻麻的汗水，就差把心剖开给季辞看证明真心了，好不容易勉强哄好他，系统的减分提示才堪堪刹住车。

路茶松了口气，抬手蹭了下额头的汗，点开季辞的资料看了眼。

散发着幽蓝色光的系统面板上一排红色，路茶的心被一句句的提示割得七零八碎。

在三人的共同反对下，节目组不得不放弃原本的设置，直接让他们选择拒绝任务。

为了节省时间，工作人员还告知了NPC们破墙而出的具体位置，让他们做好狂奔的准备。

路茶完全不担心，提前从系统里翻出之前捡到的小瓷瓶。

工作人员在看到她手上的瓷瓶后眼神有些茫然，想说什么，但看路茶那么不容置疑的模样，还是将移动摄像机交给霍作后径直离开。

路茶为了随时丢道具而准备着，没注意到霍作的眼神，但季辞发现了。

霍作不动声色挪到了路茶身边，侧身朝向出口处，便于逃脱。

在工作人员全部离场后，周围陷入了诡异的安静，只有特意放置的风声音效回荡在密室中，紧张的气氛逐渐恢复，连手握道具的路茶也忍不住咽了咽口水。

恭喜玩家触发"大逃杀"环节，请玩家在规定时间内跑出密室，失败则将永远困在密室中。

路茶没想到这里还会设置任务，刚想吐槽一句"NPC还能换个地方当吗"，系统就已经收起任务面板，跳出了闪着红光的倒计时。

第四章 · 修罗场

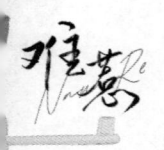

离她最近的一侧墙骤然倒塌，无数扮成恶兽的NPC踩踏着泡沫砖块破墙而出。

路茶一句脏话卡在嗓子眼里。

这和节目组说好会出来的地方不一样啊！

大量装扮丑陋的NPC向他们冲过来，为了表演得真实，低声嘶吼着，配合忽明忽暗、风声作祟的布景，真有恶兽出笼的错觉。

路茶完全蒙住了，在霍作大声喊着让她将道具丢过去的时候，吓得把瓷瓶掉在了地上。

瓷瓶滚了几圈，粘上了灰，NPC们没遇到过这情况，稍微愣了愣，又继续朝着他们冲过来，"咔"的一声，可怜的小瓷瓶被不知哪位NPC毫不留情地踩成了碎片。

路茶蒙了，也慌了。

对不起，玩家使用的"主人的炼丹瓷瓶"道具为空，判定使用无效。

没想到系统会设计出这样的骚操作，路茶彻底傻了眼，大脑被面前不断靠近的"恶兽"们吵得思绪混乱，双脚如同陷在了沼泽中。

倒计时很快只剩下最后一分钟。

眼看NPC们逼近，季辞瞥了眼完全不知道该如何反应的路茶，一把拉过她的手往出口跑去。

身后眼前皆是昏暗一片，路茶怔怔看着季辞不太清晰的后脑勺，感受到手心的燥热与湿润，心跳随着越跑越快的步伐逐渐加速。她听不到身后的怪叫和吓得半死的霍作的谴责，世界仿佛只剩下了季辞一人，以及系统的提示——

季辞好感度+20，玩家心动度40%，正在匹配福利情节……

她算是彻底明白吊桥效应是怎么一回事了。

系统到底还是人工智能，无法完全准确判断。她心跳加速不是因为对季辞心动，而是因为情节太紧张刺激，加上不断地奔跑，是系统自己的锅！

竟然妄图用福利情节贿赂她，她不接受！

至少要摸到八块腹肌才可以。

路茶心中哼了一声，握紧了季辞的手。

冲出密室门的那刻，火红的夕阳闯进视野，空气骤然清新很多，裹着热气的风拂过，路茶猛吸了几口气。

外面的世界真美好。

比起气喘吁吁的路茶，季辞的状态要好很多，他除了额角有汗外，整个人和进去前别无二致，除了……

路茶在无意间扫到季辞脸颊上的痕迹时，忍不住瞪大了眼睛。

怪不得霍作意味深长地说她做了不可告人的事情，密室中灯光昏暗，她竟然一直没有发现季辞的脸上沾了她的口红！现在暴露在阳光下，清晰得不能再清晰。

她小心翼翼地伸出手，想起什么，又急忙在兜里翻出一块被挤压得不太像样的纸巾。

"你脸上……擦一下吧。"

季辞看不到自己脸上有东西，他有些茫然，疑惑地看向路茶。

路茶拿着纸巾犹豫两秒，扶着他的肩膀踮起脚尖，将纸巾轻轻按在了口红的位置。

第四章·修罗场

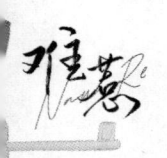

季辞呼吸一滞，下意识扶住了她的胳膊防止她站不稳摔倒。

手臂上的手掌滚烫，路茶靠近季辞时，呼吸忍不住轻了几分，连带着擦拭也不敢过于用力，生怕惊扰了什么。

霍作被一群NPC追赶，好不容易逃出来，看到的不是灿烂的夕阳，而是这样把狗粮往嘴里硬塞的场面。

他当时就非常后悔。

这年头做个单身狗也这么不容易了吗？按头吃狗粮？作为一个注定孤寡的偶像他容易吗？

霍作心中愤愤，理直气壮地上前破坏气氛："姐姐，我也要擦。"

路茶在季辞看不到的位置瞪了霍作一眼：擦什么擦，我亲的又不是你！

霍作垂下如同狗狗受了委屈一般的眼睛，可怜巴巴去扯她的衣服："你们把我一个人丢下，我差点被他们抓住，安慰一下不行吗？姐姐？"

路茶刚想说话，忽然"啪"一声，季辞拍掉了霍作差点碰到路茶衣服的手。

"不是你自己反应慢？"

霍作眯了眯眼睛："你跑的时候也没喊我！"

"和你很熟？"

霍作被季辞噎住，重新将目光放在了路茶身上。

丢下霍作确实不太对，路茶自知理亏，将手中的纸巾展开，仔细扯掉没用过的部分给霍作，说道："擦擦汗吧。"

霍作接过还没有他手掌大的、参差不齐的纸巾块，无语凝噎。

重色轻友第一名，非她莫属。

.106.

第五章

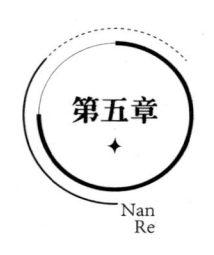

Nan Re

"自愿赠与"

季总,您还活着吗?

折腾了一整天，路茶回到家的第一件事就是检查最后逃脱任务的奖励。

　　各个分值都有增加，季辞的好感度也回归到了80。

　　路茶这才松了口气，仰面倒在柔软的床上，感觉自己浑身酸痛。不出意外，明天早上起来会更加严重。

　　没休息多久，唐珩忽然来找她了。

　　路茶心中警铃大作，不是今天去游乐园的事情暴露了吧？

　　上次唐珩提醒自己的话犹在耳畔。

　　路茶不敢让他知道自己是和季辞出去的，早上说了谎。要是被他知道她是为了季辞骗他，不更加生气才怪！

　　唐珩一进来就看到路茶正襟危坐的样子，意外可爱，他走过去摸了摸她的脑袋，问道："怎么这么严肃？"

　　路茶模糊搪塞着："没什么，有点累。"

　　唐珩只当她是白天出去玩累了，没太在意，掸了掸她的衣袖，好笑地问："你今天去哪儿玩了，怎么都是白灰？"

　　路茶一愣，看向自己的衣服，果然有些斑驳的白色，可能是无意间被霍作沾上的。

　　她想了想，如实回答："去了游乐园，可能是在玩密室逃脱的时候蹭上的。"

唐珩原本还担心路茶会因为唐父唐母偏心而一直消极，现在看起来，她调节得很好，不需要过多担心。

他笑了笑："玩得开心就好。"

路茶乖巧地点了点头，询问了他的来意。

原来是下周有一场慈善拍卖会，唐珩想带着她一起去，也是为了提醒其他人，不要因为她没有唐家血缘就不把她当回事，少些风言风语。

路茶眼睛瞬间就亮了，但没有表现得很明显。

她突然想到什么，抿了抿唇，问道："哥哥不带小恋去吗？"

毕竟唐家真正的女儿是唐恋，唐恋不可能不出场。

唐珩知道路茶在担心什么，难免心疼她现在小心翼翼的样子，安抚地拍了拍她的肩膀："放心，她有江知禹，我带着你。"

路茶这才展颜笑了笑，答应了下来。

两人又简单聊了一下，临走前，唐珩忽然想起什么，拍了下手："对了，你如果愿意也可以捐一些东西去拍卖。"

这倒是提醒了路茶，参与这种慈善事件应该会增长她的能力值。

她想到唐沅以前斥巨资购买的一堆珠宝和名牌包，觉得简简单单的慈善会不够她发挥。

"哥哥，除了这次，还有什么捐赠途径吗？"

"有是有……"唐珩有些犹豫，但看到路茶期盼的眼神，还是如实告诉了她，"季氏好像有天使基金的项目，你可以问问季辞。"

路茶"啊"了一声，怕他多想，迂回地问："哥哥可以帮我问问季总吗？"

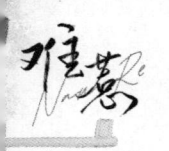

唐珩听她这样说，放心地笑了笑："没事，你自己和他说也可以。他要是不帮你，你告诉我，我帮你收拾他。"

送走了唐珩，路茶钻到衣柜中，将唐沉买来不用放到快落灰的名牌包和珠宝都拿了出来，堆了整整半床。

她呆了半秒，决定还是先和季辞联系好，再让他找人来处理掉这些东西。

如果非要一个合理的理由——路茶转头看向不久前从干洗店取回的西装外套，也该在这时候发挥作用了。

第二天一早，路茶到了季氏集团大楼。

前台处站着一个女人，接待小姐姐不知道在和她解释什么，看起来两人交谈不是很愉快。

路茶不打算打扰她们，直接往电梯的方向走。

但没走几步，接待小姐姐余光注意到了路茶，出声喊住她："不好意思，这位小姐，请问您找谁？"

在这一点上，季氏要比江河集团做得好。上次路茶去江河集团，或许也是因为太早了，前台都没人，也导致"电梯惨剧"的发生。

路茶不怯场，摘了墨镜走过去，拿出唐家大小姐的风范，微微颔首："我找季辞。"

话一出口，旁边女人的视线也落到了她身上，不太善意。

路茶当作没看到，心里默默吐槽季辞果然"艳福不浅"。

接待小姐姐微微一笑，礼貌周到："请问您有预约吗？"

路茶想了想，说道："我和季辞说过了，算预约了吧？"

小姐姐露出职业假笑："不好意思小姐，每一位找季总的人都说和他亲自约过，但并不是每个人都能够分享季总的时间。这位小姐也说和季总联系过，不如二位商量一下谁先谁后，我也需要打电话确认一下。"

旁边的女人不是别人，正是许久不见的傅嘉莉。

说起来，路茶有一阵子不涉及男女主剧情，都快忘记还有这么个女二号了。傅嘉莉不去缠着江知禹，来找季辞做什么？

想到上次傅嘉莉和季辞一起出现在商场，路茶心里就有些闷：觊觎我要攻略的男人可不行！路茶干脆利落地和小姐姐说："不用这么麻烦，我直接给他打电话吧。"

小姐姐微笑着说："那最好了。"

路茶在二人的注视下找出季辞的电话号码，拨了过去。

很长的嘟音后，电话自动转入了语音信箱。

路茶无语。

他一定是在开会不能接电话，绝对不是不想接！

小姐姐处理这类事情的经验相当丰富，已然将路茶和傅嘉莉归为一类人。

她笑容得体却带着不容置疑的语气："不好意思二位小姐，如果你们联系不到季总的话，我是不能够让你们上去的。"

傅嘉莉双手放在大理石的台面上，神情焦急，整个人快扑上去了："我真的有很急的事情找季总！"

小姐姐铁面无私，往后退了两步："很抱歉。"

傅嘉莉不甘心地咬了咬嘴唇，忽地转头狠狠瞪了一眼路茶。

第五章 『自愿赠与』

路茶一脸无辜。

又不是她拦着不让上去,那么凶做什么?好像记忆中这个女二号除了会瞪眼凶人就不会其他的手段了,真的是无比好对付。系统设置这么简单的女二号人设简直就是在给女主放水!唐恋怎么还没把女二号搞下线?

路茶来的主要目的还是想增加自己的能力值,不大想和傅嘉莉起纷争。她朝傅嘉莉微笑了下,埋头给季辞发消息。

酒酿汤圆:季总,我来给您送衣服了,请您在百忙之中跟您的前台小姐姐联系一下让我上去可以吗?

酒酿汤圆:季总,您的衣服想您想得都快哭了。

酒酿汤圆:季总,您还要衣服不要?

酒酿汤圆:季总,您还活着吗?

……

一连发了许多条,季辞也不见回应。

路茶盯着毫无反应的聊天界面,心想:季辞不会真因为游乐场的事情心中有什么芥蒂吧?可好感值已经涨回来了,怎么会完全不理我呢?

另一面,傅嘉莉闹得保安都来了,终于不得不安分下来,装模作样将头发挽到耳后,借着整理衣服的间隙睨了路茶一眼。

傅嘉莉瞧路茶一脸愁容,幸灾乐祸笑了一声:"你巴巴往人家身上凑,人家却一点都不想理你。唐沅,你脸疼不疼?"

明明自己也没见到人,还惹来了保安,却像是已经赢了一样。

路茶觉得好笑,停下打字的手,大发慈悲分给她一点眼神:"原来你有自知之明啊？"

"你……"傅嘉莉差点一口气噎死，"你不也一样？巴结不上江知禹就开始觊觎季辞，你以为我不知道你想干什么吗？"

她知道就怪了！

傅嘉莉要么是在吓唬路茶，要么就是唐沅以前说了什么不过脑子的话被她抓住了把柄。

路茶来了兴趣："我想干什么，我自己怎么不知道？"

"自己说过的话忘记了？"傅嘉莉冷笑着，"你不就是想攀上富贵，满足自己的虚荣心，搞垮唐家吗？"

前台小姐姐不愧受过专业培训，听见这话也波澜不惊，倒是一旁防备着傅嘉莉闹事的保安一副瓜地里的猹的样子，强忍着好奇心瞪大了眼睛。

路茶对她说的话并不感到太意外。

豪门世家无非就是那点事，像唐沅这样没脑子的人设的确能够说出这种话。但路茶不是唐沅，也不会被傅嘉莉几句话弄乱阵脚。

"我什么时候说的？在哪儿说的？周围都有什么人？你有证据吗？"路茶语速缓慢，微微笑了下，"傅嘉莉，造谣是要负法律责任的。"

傅嘉莉当然没有证据，那些话不过是以前她挑拨离间时唐沅说的气话。虽然她理不直气不壮，但是最擅长强词夺理。

"有没有说过你自己心里清楚！你不过就是运气好了些，唐家可怜你才没有赶你出去。"

路茶挑了下眉毛，非但没有被傅嘉莉激怒，反而还非常好脾气地

第五章 『自愿赠与』

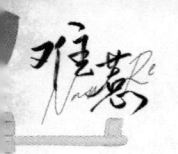

指点她:"运气好也是一种天赋,并不是每个人都有的。比如你,就算季辞残了瞎了卧床不起下一秒就要离世而去了,他也不可能看得上你这个整容怪。"

"我没有整容!"

"那最好,不然整成这个样子医生都要戳瞎双眼并且去跳楼。"

傅嘉莉不知道路茶什么时候变得这么伶牙俐齿,气得猛喘了几口气。

路茶的手机恰好在这时收到季辞的消息,巧得让路茶差点以为季辞是故意要看她们两个互掐。

季傲娇:。

酒酿汤圆:?

季傲娇:上来。

酒酿汤圆:前台小姐姐万分敬业,我上不去。

消息发出不到两秒,前台的电话突然响起。小姐姐看了眼路茶,恭敬地接起,又很快挂掉了电话。

"唐小姐?"

路茶点头。

前台小姐姐的语气温柔了许多:"2号梯第22层,您直接上去就可以。"

路茶甜甜一笑:"谢谢。"她走前故意看了眼傅嘉莉气到扭曲的脸,摸了摸胸口,"你这是吃了炸药?啧啧啧,小心以后也没人喜欢哦。"

傅嘉莉忍无可忍:"唐沅!"

路茶已经在她要扑上来的时候快步往电梯走去了,前台小姐姐眼疾手快，让一旁的保安将傅嘉莉赶了出去。

电梯平稳升到第22层，门"叮"的一声打开。

一个穿着西装的斯文男人站在门口："唐小姐您好，我是季总的助理小汪，季总刚刚在开会，让我代他向您道个歉。"

路茶撇撇嘴，他倒是会转移火力，知道她不可能牵连无辜的人。

她摆摆手："没事。"

小汪一路把路茶带到总裁办公室门前，敲了敲门，得到回应后，开门让路茶进去，然后将门关上离开。

往里走了两步，路茶看到了正在审核文件的季辞。

他今天穿了一套深蓝色的西装，领带也是同色条纹，头发利落，看起来有些严肃，抬眼望向她时，目光中有未收起来的凌厉，深色的双眸让人捉摸不透。

莫名的压迫感袭来，路茶握紧了手里的袋子，递出去。

"季总，谢谢你的衣服。"

季辞没起身，身子往椅背上一靠，从上到下打量了一下她。

为了来见季辞，路茶特意选了件红色吊带连衣裙，勾勒得腰肢纤细，双腿白皙，像极了清丽可爱的小红帽，差一步就要踏进大灰狼的圈套了。季辞察觉到自己不太正经的想法，抬手摸了摸鼻尖，掩下流露的笑意。

他一直不说话，就那么直勾勾盯着她看。

路茶不知道他想干什么，只得又往前走了几步，把袋子直接放在桌上，一字一字重音重复了一遍："季总，谢谢你的衣服。"

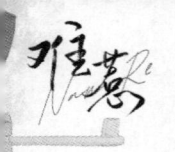

季辞"嗯"了声："我不聋。"

路茶张了张嘴，还是把吐槽的话吞回去，改成了万年适用的开场白："你吃饭了吗？"话音未落，她已经看到办公室里钟表上的时间。

偏偏季辞不放过她，带着气音笑了一声："下午三点你是打算请我吃午饭还是晚饭？"

路茶目不斜视，故作镇定："提前预约晚饭。"

"行，"季辞说，"不过我今天晚上有约，改天吧。"

有约了？路茶想起了楼下被架走的傅嘉莉，她不会真的是有约才来的吧？

路茶心里瞬间像用榨汁机搅碎了几个柠檬，暗骂了季辞几句。

她不想表现太明显，显得自己无故吃醋，装作无意地问："傅嘉莉怎么来找你，你和江河集团有合作？"

"可能是之前竞标的事，"季辞顿了下，抬眼看向她，眼中盛有笑意，"商业机密你也打听？"

路茶转身"喊"了一声："谁知道是商业机密还是你的秘密。"她想装作漫不经心，没承想压不住柠檬的酸味，都要飘过太平洋了。

季辞起身，语气里带了些调侃："放心，我的眼光很好。"

"……"

路茶不知道他是在单纯自夸还是意有所指，脸颊瞬间热了起来。

季辞不动声色靠近她，单手撑在桌边往前滑了一段，停在她腰后的位置，说话间呼吸可闻，暧昧气息陡然在空气中蔓延。

"你来找我，就是为了还衣服？"

季辞向你询问来意，你回答——

一、不然来探病吗？

二、我洗澡的时候忽然想起你，就很想见你；

三、我找你有其他的事。

每次选项出现后，路茶都要沉默一会儿，她不明白为什么总要有一些不太正常的选项出现呢？难道真的会有人在玩游戏的时候选择一二选项吗？她闭着眼睛都会选对的好吧！

路茶信心满满点过去。

选择框消失的瞬间，她愣了愣，回忆了一下选择框上面的内容，刚才……是不是点错了？

果然，她听到自己用一种不屑的语气说："不然来探病吗？"

路茶压根儿不敢去看季辞的表情，心中全部都是"完了"两个字。以季辞的性格，还不把她给丢出去？不知道这次系统又会给她什么惩罚，她也太坎坷了吧！

季辞听到她的话也是微微一愣，沉默两秒后，问道："你怎么知道我感冒了？"

路茶顿了下，软着眸子说："我可担心你了。"

"是吗？"

"嗯！"

路茶为了证明自己关切的心，特意给季辞倒了杯热水。

滚烫的，冒着袅袅热气。

季辞气结。

路茶不觉有问题。

直男嘛，信奉的都是多喝热水身体好，她这是"投其所好"！眼

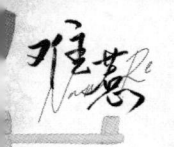

看季辞的嘴角抽了抽，她笑得更加开心了。

季辞无奈，用手背将水杯推得远一点。

"说正事。"

再闹就得寸进尺了，路茶心中有度，识趣地说明真正的来意："我听哥哥说你们公司有个天使基金相关的项目，我有一些东西想捐出去，你能不能帮我牵一下头？"

季辞神色淡淡的："你的那些奢侈品只会带坏祖国的花朵。"

季辞好感度+5。

路茶基本可以确定，季辞就是个死傲娇。嘴上一套心里一套，要不是有系统这个间谍，她就要被他骗过去了。

和季辞相处了几次，她也逐渐琢磨出对付这个傲娇的办法。

路茶轻轻拽住了季辞的衣袖，手指一点一点攀上去，手掌搭上他的手臂，微凉的指尖透过布料将温度逐渐传到季辞的胳膊上，被他的体温所温暖。

她眼神略带可怜地望向他："季辞，你真的不帮我吗？"

感受到她的靠近后，季辞的身子明显僵硬了许多，却又忍不住往她身侧倾了下。

他转头望进路茶的眼底，想判断她有几分真心，抬手覆住她的手。

"你真想捐？"

路茶用力点了点头。

季辞的目光落在她嘴角不太明显的小梨涡上，微微挑起眉梢："我可以帮你。"在看到她眼睛亮起后，他忽然话音一转，"但是，我有什么好处？"

路茶无语。

您是周扒皮吗？手都在你手里了你还想要什么？

路茶是看出来了，这个人就是以故意捉弄她为乐趣，想尽办法占她便宜。

她的脸颊微微鼓起来，伸出一根手指戳中他心脏的位置，像一只发怒的小河豚。

"季总，个人受贿满5000元就要立案侦查了。"

季辞垂眼，看到她红色的指甲油鲜艳明亮，和跳动的心脏一个颜色。

他缓慢地握住路茶的另一只手，在她想抽回的时候趁机变成十指紧扣的交握。

掌心持续传来的温热让路茶的大脑"轰"的一声炸得一片空白，她愣愣地看着季辞得逞的笑容。他故意压低声音："阿沉，救命之恩不是该以身相许吗？从某种程度上来说，这应该是自愿赠与。"

路茶瞪大了眼睛，没想到季辞脸皮能厚到这种程度。

她深吸一口气，让自己内心平静下来，艰难地开口："季总，现在还没到晚上，您怎么开始说梦话了呢？"

好在季辞没有在她这句话后面接句油腻发言。

他眼里都是笑，松开手放了她一马。

"这个项目我不是很清楚，你直接去问汪助理，让他帮你处理。"

"好，"路茶松了一口气，"谢谢季总。"

季辞看了她一眼，想说什么，又不甚在意地勾了下嘴角，转身靠在办公桌边，右腿往左腿上一搭，松了松领带。

这个动作好似打开了什么缺口，让他身上的严肃感骤然消失，取而代之的是轻松和慵懒，与路茶印象中的他更加接近。

难道这就是工作和日常的区别吗？

路茶的目光落下就离不开，一眨不眨地盯着他，完全忘记了自己的目的已经达成，没有继续待下去的必要。

季辞也没有出声赶她，反手拿过桌上的一个粉色的金属盒子，伴随着哗啦啦的声音，看得路茶眼睛都直了。

难道这就是总裁的少女心吗？

也太粉嫩了吧！

季辞注意到路茶巴巴的眼神，打开盒子往手心里倒出了两颗薄荷糖，往她面前递了递。

"吃吗？"

路茶受宠若惊，小心翼翼伸出手捏了一颗放进嘴里。

入口前她就已经闻到了强烈的薄荷味，也做好了心理准备，入口后首先品到的却是香甜的草莓味，薄荷清淡不突兀，两种味道结合得很好。

她有些惊讶，抬眸看他，旁边透过落地窗照进来的阳光落在她睫毛上，眼中仿佛缀着金光。

猝不及防的对视让季辞微微一愣，随即将薄荷糖丢进嘴里，薄荷味道充满口腔，以此平复心脏的快速跳动。

路茶没想到季辞一个"霸道总裁"还喜好这种口味，真是清新脱俗、不同寻常。

她得了便宜还卖乖，故意调侃他："没想到季总喜欢这种口味啊?"

"太重的薄荷味道会直冲头顶,那种感觉不舒服,"季辞一本正经地解释,见路茶好像挺感兴趣的,晃了晃手中的糖盒,"你喜欢?"

能够把水果和薄荷结合得这么契合的糖不多了,路茶以为他接下来会把糖都给她,忙点头:"喜欢呀!"

季辞"哦"了声,把糖盒放回桌上:"你哥从国外带回来的,自己跟他要去。"说着,甚至还把糖盒往文件架下推了推,好似她是什么豺狼虎豹,会硬抢一样。

路茶呆住了。

她忘记了,这人抠门着呢。

别人家的"霸道总裁"都是为美人一掷千金,这个游戏里的总裁可倒好,占别人便宜轻车熟路,却连盒开封的糖也不舍得给。抠门得清新脱俗,节约得不同寻常。

路茶大气,不跟他计较,一转头,找唐珩要糖去了。

慈善拍卖会的时间定在下午。

路茶趁机偷了个懒,比平时多睡了会儿,醒来后得到了系统的任务发布。

任务三:重新获得唐家人的关注,将每个人的好感度提升到40以上,失败则全部好感度清零。

路茶点进唐家每个人的好感度看了眼。

比起唐珩和相对好说话的唐母,唐父和唐恋是任务的难点所在。

这两个人对唐沅都有着不同程度的意见和不满,导致他们的好感

度增长缓慢，需要用一些比较特别的手段去促使任务完成。

恰好唐父的生日临近，路茶想到下午的拍卖会，恰好可以有效利用一下。

参加拍卖会的人员位置是固定的，每个人的座位上都贴着名字。

路茶按照贴纸从前找到后，来回转了好几圈，也没看到贴着唐沅名字的椅子。

此时，会场里已经来了一部分人，都是海城有头有脸的人物。路茶在众目睽睽之下手足无措地转了几圈，最后站在走道中央，一脸茫然，处境万分尴尬。

更让她心里不是滋味的是，连傅嘉莉都能作为江知禹的助理和他们坐在一排，她却是被排除在外的。路茶无意间和傅嘉莉得意的目光在空中碰撞上，她立刻明白，丑人多作怪。

江知禹丝毫没发现身边的人是始作俑者，还问傅嘉莉是怎么回事，傅嘉莉无辜地表示自己不知情。

唐珩自然不会让路茶这么尴尬下去，丢的也是唐家的脸面。他拉着路茶坐在自己的位置上，让人喊来了会场经理。

经理一看情况，表示自己不太清楚，又找来了负责布置的员工。

员工来了以后更加疑惑，完全不知道自己做错了什么："经理，不是您说的唐沅已经不是唐家的大小姐了，根本进不来的吗？"

这话一出口，周围安静了一瞬。其他人的目光更加大胆地投向了这边，唐珩不动声色地皱了皱眉，侧身挡住了路茶。

他不悦的目光落在经理身上，经理吓出了一身汗，急忙打断员工，斥责道："胡说八道！我、我什么时候说过那样的话！你不要自己犯的错往我身上推!"

员工憋屈着,无视了经理的挤眉弄眼。

"是您说的啊,当时布置的时候出了一点差错,唐小姐的名字在名单的最末尾,全部布置完才发现这个问题,但是已经没有多余的位置了。我就去问了您,是您说……"

"我说什么我说!"经理匆忙用袖子擦了擦汗,整个脸急成了猪肝色,他转向唐珩,"唐总,这件事我真的不知情,都是底下员工擅自做主,我这就把唐小姐的位置安排到您身边!"

"行了!"

"不用了。"

唐珩和路茶同时发声,一个夹杂着愤怒,一个意料之外的平静。

唐珩一愣,微微俯身安抚路茶:"阿沅,你别生气,我这就让他们给你加个位置。"

路茶冲唐珩笑了笑。

确实是有一些生气,更多的是委屈。

所有人都知道,真正的唐家大小姐回来后唐沅的地位便一落千丈,哪怕没有离开唐家,也是鸠占鹊巢、恬不知耻。

让路茶难过的不是经理和傅嘉莉做出这样的事情,而是其他人带着讥讽和蔑视来看热闹的目光,像刀子一样扎在她身上。

总是被这样对待,哪怕路茶处在上帝视角,也很难让自己完全跳脱出来。不过这样的事情,只要她不尴尬,尴尬的就是别人。

傅嘉莉不是想让她出丑吗?目的达到了,也轮到她反击了。

路茶优雅地站起身,自然地挽住唐珩的手臂,靠在他耳侧说话,

形似亲密。

"哥哥，不用那么麻烦，我坐过来的话还要调整其他的位置，会影响拍卖会开场的，找个角落给我加个凳子就行，"她说着，指了指最后一排，"那里不是有空着的位置吗？放个凳子在那儿就行了，也不用贴名字。全场唯一没有名字的位置就是我的，多特别啊！"

唐珩的表情一言难尽，他甚至怀疑路茶是不是被气糊涂了，开始说胡话。现在这情况分明就是在欺负她没有唐家的庇护啊！

他想说什么，又被路茶按下。路茶转头看了眼唐恋，万分遗憾地说："就是妹妹一个人和哥哥坐，不要觉得太寂寞想姐姐哦！"

唐恋"哼"了声："我有哥哥在才不会想你！倒是你，千万别坐到后面一个人哭鼻子！"

路茶完全不介意，微微朝唐恋笑了下："放心吧，我肯定会想你的。"

唐恋无语。

路茶再看傅嘉莉，发现傅嘉莉的表情已经没有之前的自得，还捏紧了放在腿上的手。

完全被忽视的江知禹以为路茶是在看他，微微一愣。

江知禹好感度 +5。

路茶也无语了，这人脑补过头了吧？

瞧见路茶和唐珩的关系依旧亲密，和唐恋的相处也不露破绽，周围看热闹的人心中的猜测不免收敛了几分。

经理没想到以前点个火就能炸得会场满是灰的唐家大小姐现在这么好说话，当面打她脸也毫不生气，心里开始不住地打鼓：该不会是打算放暗刀子吧？

　　他用袖子擦了擦额头上的汗，好声好气向路茶道歉："真是抱歉啊唐小姐，感谢您体谅我们的工作。小刘，还不赶紧去给唐小姐搬凳子！"

　　小刘觉得自己就是一块砖，哪里需要哪里搬，还附带着背锅的作用。他不敢再怠慢，一溜烟跑出去搬了个新凳子回来，放在了路茶说的位置上。

　　唐珩还是有些不放心，路茶在唐珩耳边小声解释了几句，唐珩才勉强愿意让她一个人坐在后面。

　　路茶临过去前，他还不忘嘱咐："有事找哥哥。"

　　路茶乖乖点了点头。

　　刚才在会场里转的几圈已经让她大概知道每个人会坐在哪里，她选在那个不受关注的位置是因为季辞坐在那里，唐珩也能勉强放心。

　　她并不是真的好脾气愿意放傅嘉莉一马，只是觉得真正收拾傅嘉莉的时候还没到。

　　很快，会场内坐满了人。

　　季辞来的时候，路茶刚刚通过手上这一关游戏，"Congratulation（恭喜）！"的可爱音效响起。他的声音有些意外："唐小姐好兴致啊！"

　　路茶看着屏幕上的小动物"唰唰唰"地被消除，笑得有点得意："还好还好。"

　　她没有继续玩下去，将手机收进包里，坐得端正了一些，往季辞的方向靠了靠。

第五章 · 『自愿赠与』

.125.

"季总来得好晚呀!"

"是吗?"季辞看了眼腕表,"离开始还有二十分钟。"

路茶笑着点点头:"错过了一场好戏。"

"是你坐到这里的理由?"

路茶意味深长地"嗯"了声,一边示意他去看前面,一边说:"我不明白,这种场合为什么傅嘉莉一个助理也会在?"还明目张胆换掉她的位置,就算她再惨,也好歹标着一个唐家大小姐的名号,比不过傅嘉莉一个助理?

这种话路茶不敢跟唐珩说,但是季辞可以,不仅是因为他好感度最高,更重要的是他一开始不在故事之内,和他们的交集并不算太深。

回答她的不是季辞,而是助理小汪。

"唐小姐,拍卖会也算是商业场合,所以很多人的目的并不在物品上,而是借着机会和其他人达成合作。带来的助理一般是负责举举牌子,装装样子。"

路茶愣住了,她确实没看到小汪,口无遮拦的一句话把他也骂了进去,有点内疚。她马上打着哈哈:"汪助理啊,你好呀!"

汪助理并不在意,还十分配合:"唐小姐好。"

路茶更尴尬了,试图转移话题:"所以这些有钱人就是自己抬胳膊嫌累,靠嘴皮子挣钱。"

季辞莫名中了一枪,伸手揪住了她脑后的小丸子:"你给我靠嘴皮子挣钱试试,说相声吗?"

路茶为了丸子头浪费了两个小时,好不容易扎出一个还算像样的,怕他揪乱了,头不敢动,手扑腾着打他。

"你别弄乱我发型！"

这时候想的还是她的发型？

季辞冷哼一声，松开了手，转而弹了一下她脑后的小丸子，语气不屑："梳这么漂亮你打算给谁看？"

路茶眼疾手快，连忙捂住头，转身避开他的攻击，嘴像脱了缰的马一般，说话不过脑子，脱口而出："给你看！"

汪助理觉得自己似乎不太应该坐在这里，应该在凳子底下并且去找工作人员把头顶上的灯调暗一点。

路茶说完才反应过来自己说了什么，不敢相信地睁大了眼睛，脸颊瞬间爆红。

完蛋了！完蛋了！这种话也能想都不想就说出口，真的是在游戏里待太久形成习惯了！这要是以后回到现实世界也这样随口撩人还得了？

她马上转回头，匆匆翻开拍卖会开始前工作人员发的小册子，装作很用心在看的样子，试图逃避这样的尴尬现场。

她装得一本正经，视线却控制不住想要往他的方向偷看，想要知道他会有什么样的反应。手指不自觉捏紧册子的边角，弄皱再放开，反反复复。

季辞显然没想到她会这么说，微微一愣后，眼中尽是被取悦了的笑意，嘴角也控制不住翘起一点儿不引人注意的弧度，温柔的目光落在她红得快滴血的耳朵上，无声地笑了笑。

小咋呼。

第六章

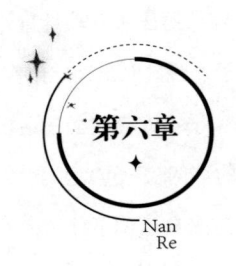

Nan
Re

以 身 相 许

— •••• —

"我也没想到你竟然有这种癖好……"

册子上大多是珠宝，其中包含路茶捐的一条红宝石项链，还有唐恋捐的一幅画——估计最后会被江知禹拍下来。

路茶将册子来来回回翻看了几遍，也没有找到能够博得唐父好感度的道具。就一个看上去磨损很严重的紫砂小茶杯和一套京瓷茶具还算是配得上他的年纪。

请问玩家准备在拍卖会上选择哪样物品入手？

一、紫砂茶杯；

二、京瓷茶具；

三、其他珠宝。

唐父平时喝茶，路茶想了想，打算拍那套茶具。

季辞无意间看到她在茶具那页标记了下，垂下双眸不知道在想什么。他翻了翻册子，看似随手选了几样东西，将册子交给了汪助理。

拍卖会开始后，一切有条不紊进行着。

路茶对其他东西不感兴趣，重新找出了游戏，关掉音效，有一搭没一搭听着拍卖师喊价，最后一锤子敲定价钱。

轮到她捐赠的项链了，拍卖师喊出价格，会场内突然安静了下来。并不是因为价格有多高，而是因为捐赠者是她，其他人没想给她面子。当然也有人因为唐珩对她的维护在考虑要不要举牌子，但几番犹豫后还是没有动。

.129.

路茶并不意外，她连头都没有抬，只是滑动屏幕的速度变快了。

拍卖师也是个耳听八方的主，早就听说了唐家的一堆乱事，心里和其他人一样觉得唐沉不再像以前风光。见没有人加价，已经打算敲锤子做不成交处理，却忽然见有人举起了牌子。

众人惊讶地望过去，又并不意外地收回了目光。

唐珩当然不能看着自己妹妹丢脸，举起牌子也是为了维护唐家的脸面。

路茶默默抿了抿唇，心里流过一丝暖流。

关键时候果然还是哥哥最好。

在所有人都认为项链会这么成交的时候，突然又有人出价。

大家寻着牌子望过去，瞧见了坐得笔直的汪助理，以及他身旁的季辞和一脸蒙的路茶。

这一下，会场内窃窃私语。

助理是不可能代替老板做决定的，牌子举起来相当于季辞打算帮唐家这位大小姐。有去过唐恋欢迎会的人这时候也想起来当时两人的互动，心中不免猜测。

路茶没想到季辞会出手，惊讶地望过去。

季辞毫不在意众人聚集过来的目光，抬手像拍小狗一样拍了拍路茶的头顶。

在别人眼里这是亲昵的动作，只有路茶知道季辞是故意把她的头发弄乱的。

季辞好感度 +5。

获得众人关注，能力 +5，戏份 +5。

不管怎么说，季辞性格傲娇说话毒舌，在关键时候却也总是可靠的。

　　然而身为"竞争对手"的唐珩却不是那么愉快了，他回头看了眼两人，目光撞上季辞，利落地再次举起牌子。

　　汪助理在季辞给过大致的价格范围后，也再次举了牌子。

　　在两人一来一回莫名其妙的竞争中，拍卖师也来了精神，喊得格外起劲，最后以十五万的价格被季辞拍了下来。

　　路茶原来的那点感动被无可奈何取代，觉得这两个人的脑子指定是有点毛病。

　　她查过项链的购买记录，不过三万块，也不是什么特别的款式，大街上仿品一堆。季辞用翻了五倍的价格拍下来，不是脑子有病是什么？

　　她顶着其他人探寻的目光扯了扯季辞的衣服："季总，您是出门前没吃药，还是通货膨胀太严重往脑子里塞了太多的泡沫啊？一条破项链争得跟什么绝世珠宝一样！你不是一盒糖都不愿意给我吗？这时候大方什么？"

　　季辞瞥了眼她拽着自己衣袖的手指，微微侧身："钱要花在刀刃上。不论这件东西原本的市价如何，值不值成交价，最后的这些钱都会用作慈善。我不是为了你面子好看，只是希望孩子们吃得好一点。"

　　他顿了顿，继续说："至于糖，你哥就给了我一盒，他那里还有好多，你不向他要，偏要和我抢，什么毛病？"

　　路茶撇嘴小声"喊"了下。

话都让他说了,她还能有什么意见。

之后的几样东西都没太引起路茶的注意,一直到某商业大佬捐赠的一对钻石耳坠,她听到了傅嘉莉拿起牌子竞拍的声音。

傅嘉莉自己是没有能力拍下珠宝的,但江知禹一直很欣赏傅嘉莉的工作能力,会给傅嘉莉选择心仪的物品拍下的机会作为"员工福利"。

且不说这种行为会多让人误会,现在唐恋还坐在旁边,傅嘉莉就这么明目张胆地举起牌子喊价,价格甚至已经超过之前唐恋的画了,分明是赤裸裸的挑衅。

敌人的敌人就是朋友。

唐恋已经很有结盟诚意地给路茶发了信息,希望路茶能够帮忙拍下这对耳坠。

路茶远远看到唐恋气闷的侧脸,觉得这是一个好机会——

既能够抢傅嘉莉心仪的物品作为反击,又能够借此获得唐恋的好感度,一举两得,何乐不为呢?

但问题是,路茶的零花钱有限,她需要留着去买那套茶具,钻石耳坠的要价颇高,她有些负担不起。

思来想去,她想到了身边闭目养神的人。

不能总是她来攻略他,偶尔他也需要起到一点隐藏人物的作用给她出出气不是?

路茶想着,端起甜美的笑容,往季辞的身边凑去,裙摆贴上他的西裤,用手指点了点他手臂上的肌肉。

"季总,江湖救急呀!"

季辞缓缓睁开眼睛，困意让他的眸色更显深邃，声音也要低沉许多："又怎么了？"

路茶无语了。

这个"又"好像是在谴责她事情多一样。

她在心中暗自吐槽了几句，脑袋凑近季辞的肩膀，带着怨气指向傅嘉莉："傅嘉莉和会场的人合谋欺负我让我出丑，我想争回一口气，夺人所好一次，但囊中羞涩……你可不可以借我一点点钱？"

季辞垂眼便可看到她衣领下无意露出的一点景色，玫瑰香气呼吸可闻，扰得他心烦意乱。

他伸出一根手指抵住她的小脑袋推远了点，嗓音略沉："谈钱伤感情。"

抠门本质出现了！

路茶竖起三根手指放在耳边保证着："就一点点，我之后肯定会还给你的！"

季辞看都不看她一眼，双腿交叠靠在椅背上，微微抬起一点下巴看向前面。

他听着拍卖师不断往上加价，略带质疑地问："你确定只是一点点？"

路茶有些心虚，好像确实有那么一点点多。

也不知道江知禹怎么这么慷慨，也怪不得唐恋会不愿意。

路茶知道季辞的商人本色，没点好处一定不会答应。她脑筋快速转动，重新凑上去："只要你愿意帮我，当牛做马我也愿意！"

路茶说得急了，两只手握住了他的胳膊，整个人都倾了过去，拉

第六章·以身相许

·133·

近了两人之间的距离，仿佛季辞一转头就会被亲到。

季辞想起了在密室逃脱时的意外，稍稍往后撤了下脑袋，自然地握住她的手。

季辞好感度 +5。

"要你当牛做马干什么，我又不缺助理。"

"季辞！"

路茶知道他是故意的，眼看傅嘉莉要拿到耳坠了，唐恋一直在消息轰炸，要是没拿到耳坠，她这个妹妹的好感度怕是要一朝回到解放前，重新变成负数了。

她顾不上什么脸红不脸红，晃了晃季辞的胳膊撒娇："求求你了。"

汪助理坐在一边听到路茶甜软的声音都差点坐不住，心里万分佩服老板的自制力。

季辞微微挑了下眉尾，勉强松了口："好吧，既然你求我了……"

汪助理收到讯号，立刻举了牌子。

季辞要么不出手，一出手必然让人震惊。此时所有人的目光都投了过来，路茶还来不及调整姿势，在旁人眼里，她仿佛是整个人都靠在了季辞身上，只要季辞稍一低头，两人就能亲密接触。

路茶已经感受到唐珩气愤、唐恋看好戏、江知禹震惊以及傅嘉莉刀子一般的目光。

她想要调换姿势，季辞却直接揽住了她的腰，让她靠得更加近了。

他的呼吸喷洒在她的耳畔："不是以身相许？"

路茶的脸颊红透了，呼吸都停了一拍。明明知道他是故意的，就是要让所有人都误会他们两个人的关系，她还是无法控制地乱了心跳节拍，连露在外面的皮肤都染上了薄薄的粉红色，整个人变得跟加热了的桃子一样。

假使她现在脑子还算清醒，就会发现季辞的耳朵也是红着的，他的手并没有碰到她的腰，只是用手腕虚虚揽着。

但路茶已经完全蒙住了。

就连收到系统接连的提示，都是在众人收回目光、季辞放开她、微凉的空气逐渐降下她的体温后，她才反应过来。

季辞好感度 +5。

季辞好感度 +5。

唐恋好感度 +5。

收获众人重点关注，能力 +5，戏份 +10。

路茶在发热的脸颊周围扇了扇风，为了掩饰自己的情绪，低头解开手机的锁屏。

唐恋的最后一条消息是：

你可真行！

后面跟了个竖着大拇指的表情包，也不知道是真心感激，还是嘲讽。

傅嘉莉看样子是不甘心，还想继续举牌子，但季辞一次性将价格叫到顶，江知禹不可能会为了傅嘉莉花那么多的钱，最后只能愤然作罢。

她不开心，可是路茶和唐恋都很开心，肉眼可见的心情好。

唐珩不用多想就知道这里面一定有唐恋搞鬼，无奈地将册子卷成

第六章 · 以身相许

.135.

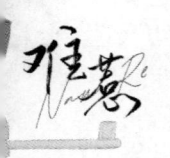

筒敲了敲唐恋的脑袋。

唐恋小声叫了下，扑进江知禹的怀里撒娇了。

唐珩再一回头，看到路茶脸颊还红着，低着头跟小媳妇儿一样乖巧坐着。

他心里就来气。

好家伙，这两个妹妹怎么都跌进了恋爱的泥潭里。

最后，路茶也没能拿到那套茶具。

卖家不知为何临时反悔将东西收了回去，甘愿付了加倍的违约金。

路茶没有办法，只能拍下那只紫砂小茶壶。只是太过寒酸，装茶杯的盒子上还印着拍卖行的标志，怎么看怎么廉价。她不能就这么直接把东西送出去，开始犹豫要不要换一个礼物。

可能是她纠结得太明显，连夏夏都注意到了。见她愁眉苦脸，夏夏便主动提出要帮忙去买个全新的礼盒二次包装一下。

路茶觉得夏夏也在唐家待了几年，她的建议有一定的参考性，便把买礼盒的任务交给了夏夏。

生日当天。

路茶知道唐父最讨厌的是唐沉张扬的样子，所以没有太过表现自己，而是努力降低存在感。送礼物的时候，也是等到所有人都送完礼物后才将自己的盒子递出去。

哪怕这样，唐父原本笑呵呵的脸还是在看到她的瞬间耷拉下来。若不是唐母捅了他一下，他才接过去草草放置，路茶怕是会一直尴尬地站着。

路茶知道唐父对自己的不满是程序的设定，所以没有太过失落。不扣好感度她已经很满意了，只是可能要再想其他的办法来讨好唐父完成任务。

夏夏瞧路茶垂着头，以为她是因为唐父的忽视受了打击，悄悄靠近过来，向她认错，认为是自己没有选好包装才让她受了委屈。

不知道为什么，路茶听完夏夏的话后心中反而不太舒服，但看夏夏自责的模样，还得撑着笑意反过来安慰夏夏。

系统的锅总不能让一个 NPC 去背，那她不是太无理取闹了？

晚饭后，路茶本想回房间休息，思考自己接下来该怎么继续攻克唐父这道难关，却没想到被唐珩临时叫住，带到了书房。

唐父原本在书房和江知禹下棋，唐恋也在，他们俩过去棋局才散。

三人不知道说了什么，唐恋吵吵嚷嚷的，然后被江知禹推了出去，江知禹临走前给了他们一个歉意的笑容。

书房内瞬间安静下来，气氛有些严肃，路茶一时不知道是站是坐，紧张地攥住了衣边。

太像是在现实世界的时候，她上课偷偷玩游戏被教导主任发现找家长的氛围了。

路茶微垂着头，小心地扫视了周围的环境，在触及唐父没什么表情的脸时，迅速收回视线，默默吞了下口水。

唐父没注意到路茶的拘谨，摆摆手让他们坐下，自己起身到桌上拿起了路茶送的礼盒，直接开门见山地说："阿沅，你送的礼物……"

他语气一沉，路茶心里"咯噔"一下，做好了挨骂的准备。

唐父瞅了正襟危坐的她一眼，轻咳了声，尽量让自己看起来和蔼一些。

"我很喜欢。"

唐父好感度+5。

路茶和唐珩都惊呆了。

唐父没察觉到气愤的凝结，继续说："就是这个包装盒子啊，选得不太好。要不是阿珩劝我打开，这么好的东西不就浪费了？我之前就说过你的审美，不要总是喜欢那些俗气的东西……"

"爸！"唐父好话没说几句又开始教训人，唐珩失笑打断他，"你不是要夸阿沉的吗？怎么又开始说教了？"

"哪有！"唐父老脸一红，斥了他一句，"阿沉都没觉得，你别挑拨我们关系！"

路茶不知道唐父这是什么情况，不敢随便发言，在唐父看过来的时候下意识坐得更直了些。

唐珩瞧着父女俩别扭的样子心里好笑，帮唐父解释："阿沉，你送的这个茶杯是爸很久以前就想要的。他有套紫砂壶你知道吧？是清朝的物件，高价收的，当时已经缺失了一个杯子。这个正好和那紫砂壶一套。"

怪不得。

路茶就说唐父怎么忽然像变了个人。

对于收藏者来说，有什么比藏品齐全更加令人开心呢？她还真是运气好，拍下了这个茶杯。说起来也要感谢茶具卖家的不卖之恩。

当然更要感谢唐珩的助攻。

她瞬间活跃起来，冲着唐父笑了笑："爸爸喜欢就好。我也是记得您有一套紫砂壶的茶具，所以才想着拍下这个，或许您能喜欢。"

她知道唐父不喜欢她以前的姿态，便顺着唐珩的话说下去，既表现了自己关心父亲，又让唐父知道她确实改变了不少。

果然，话音刚落，系统再次提示——

唐父好感 +10。

唐父连连点头："你有心了。"

路茶表面笑得宠辱不惊，心里却乐开了花。

唐珩注意到她强忍开心的小动作，无奈地笑着摇了摇头。

搞定了唐父，就只剩下最难对付的唐恋了。

路茶思前想后，决定求助霍作。

唐恋是霍作的粉丝，从霍作那里弄来一些粉丝福利给她应该多少会有一点好感度。而且上次在密室被霍作坑得差点前功尽弃，他怎么不得给自己一点补偿？

路茶想着，打开了微信和霍作联系。

二十分钟后，司机开着车停在了商场门口。

路茶仰头看了眼，还是上次季氏名下的商场。

她和霍作见面不会被季辞撞个正着吧？

鉴于系统的偶遇几率太高，路茶不敢抱希望，特意翻出汪助理的微信询问了一下季辞的行程，得到"季总正在开会"的回复才放了心。

在公司就没问题了，她速战速决，拿到粉丝福利就跑，绝对不会再次出现修罗场的情况。

霍作和她约在电玩城。

如同路茶预料的那样，人非常多，大多数都是些半大的少年，吵吵嚷嚷玩着游戏，比菜市场还吵。她先进去转了一圈。里面灯光昏暗，衣服的颜色都看不清，更别说找人了。

路茶没办法，只能发消息给霍作告诉他自己到了。

霍作回消息很快——

我在娃娃机这里。

路茶就在娃娃机附近，四处张望也没看到霍作的影子，倒是看到了几对抓不上来娃娃的情侣和一个披着头发的小姐姐——

等等，小姐姐？

路茶瞪大了眼睛，将"小姐姐"重新上下打量了一番，不敢相信地睁大了眼睛。

霍作也在这时转过身来，看到她时眼睛亮了亮，姿态自如地跑过来抱住她的手臂蹭了蹭，像一只金毛一样。

路茶整个人都蒙住了，僵了半秒才想起和他保持距离。

霍作见她嫌弃的样子如此明显，忍不住委屈："姐姐，你也太没良心了吧？我特意打扮之后出来见你的，你竟然嫌弃我！"也不知道他究竟是从哪里学来的伪音，竟然有点以假乱真的意思。

路茶浑身一抖，比他还委屈："我也没想到你竟然有这种癖好……"

霍作知道她误会了，上前重新挽住她的胳膊，不让她抽离。

"这是我一个粉丝建议的,能够躲避'私生饭'。"

是,任何一个"私生饭"大概都忍受不住偶像如此形象,看见了怕会直接脱粉。

在知道路茶的妹妹是自己粉丝后,霍作很开心,主动提出从娃娃机里给唐恋亲自抓几个娃娃送给唐恋,以彰显自己的偶像力。

路茶拿人手短,不得不在旁边陪了他一下午。

眼看着他费了整整一把游戏币,只抓上来一只粉色的小猪佩奇,还要和这台娃娃机死磕,就是不愿意换一个机器。路茶深深觉得,这人只是单纯的想玩。

这场比赛最终还是以娃娃机的胜利告终。

霍作是被路茶硬生生拉走的。

路茶深刻怀疑,系统是故意拖延时间准备设置障碍。路茶绝对不能够让系统的计谋得逞,一定要顺利安全地将"福利"带回去给唐恋。

凭空说这只略有变形的小猪佩奇是霍作抓上来给唐恋的,恐怕唐恋也不会相信,说不定还会觉得路茶在戏耍她,反而丢掉好感度。

为了保险起见,路茶特意让霍作用自己的手机拿着小猪佩奇自拍了一张,并且在玩偶上面签名以证真实。

霍作自然没意见。

然而,在路茶将小猪佩奇塞到霍作手中的时候,霍作扬着明媚的笑容举起了另一只空荡荡的手:"姐姐,我没有笔。"

路茶愣了愣,她忘记这件事了。

可是刚刚为了避免霍作被发现,她特意拉着他避开人群到了这处

第六章 · 以身相许

.141.

安静的地方，别说人了，商铺都没开，更不可能有笔。

霍作倒是不拘小节，撸了撸袖子就要咬自己的手指："不然我给她写个血书！"

路荼吓得半死，连忙拦住。

不知道的还以为这是要歃血为盟，这孩子怎么脑子有点不太好使啊！是不是最近古装剧看多了！

他要是真的这么做了，唐恋不得更加讨厌路荼才怪！

没办法，路荼只好牺牲自己脆弱的眉笔，让霍作勉强签一下，意思意思就好。但她没想到的是，包里东西多，眉笔和耳机线纠缠在一起，不是那么好解开，颇费时间。

百无聊赖的霍作歪着头，觉得她认真的样子有些可爱，没忍住拿出手机，打算给她拍一张。

好不容易找好角度，想要按下快门的时候，他忽然听到了说话声。

他下意识地抬头，看到了一位不速之客。

对方显然也注意到了他们，四目相撞，视线微凝，来人停下了脚步。

路荼正全神贯注跟被耳机线缠住的眉笔作斗争，忽然感觉肩膀被霍作拍了拍。她以为是霍作着急了，刚想要跟他说再等等，却没承想她扯开的动作力度太大，眉笔脱盖从她手里飞了出去，"叭"的一声摔在地上，骨碌碌滚远了。

她手疾眼快，连忙放下包去追，眼看就要追上眉笔，一双高定皮鞋出现在她的视野中，挡住了眉笔，那人的手也快了路荼一步，将眉笔捡了起来。

路茶松了口气,"谢谢"两个字在看到面前的人后堵在了喉咙里,整个人僵在原地。

恭喜玩家成功触发"修罗场2.0"剧情,请玩家选择所在阵营,并使其好感度增长20或以上。

她就知道!

路茶被抓包,格外心虚,努力挤出笑容来和季辞打招呼:"季总,好巧啊!"

她的目光移到季辞身后忍笑的汪助理身上,瞪了他一眼。

汪助理露出职业笑容:"唐小姐,季总刚刚在商场的顶楼会议室里开会。"言下之意是,季辞确实在开会,他没有虚报。

路茶深吸一口气,对系统的怨念更大。

这种频率的偶遇放在现实生活里比小行星撞地球的几率还低!

季辞注意着她的细微表情,看了看手中断掉半截的眉笔,递给她,语气平淡:"感谢唐小姐光临季氏的产业。"

路茶微微愣了下,触及到他眼中的冷淡后,心中微微酸涩。

他应该是吃醋了吧?只是介意她和霍作在一起,绝对没有故意要这样对她冷淡的对吧?

路茶没想到自己会如此在意季辞的反应,下意识将这种情绪归结为怕他减少好感度,却忽视了胸腔中莫名产生的闷气和难过。

她强撑着笑容,伸手握住眉笔头,想将眉笔拿回来。

季辞却没有放手,低头锁住她飘忽的目光,眸中情绪晦涩难辨,明知故问:"阿沅是一个人来的?"

第六章·以身相许

.143.

他会问，就说明他的确是因为吃醋而在意，只是他傲娇的人设不允许他直接明说，只能在细节处流露出情绪。

路茶顾不上什么眉笔，连忙扒上他的胳膊解释："我找霍作是为了唐恋的事情，没有其他想法！"

"我没说你有想法，紧张什么？"

他依旧嘴硬，但目光柔和了很多，语气也没有了刚刚的冷淡。

路茶趁热打铁，直接挽住了他，脸上的真诚一下子送到他眼前："还不是怕你介意嘛。"

她本是想要表达出在意他的情绪，语气却不自觉带了些可怜，倒像是他在无理取闹。

季辞被她气笑了，手指戳了戳她毛茸茸的脑袋："我有那么小气？"

路茶还想说什么，抬眼的瞬间及时闭了嘴。

季辞却已经知道了她的答案，一时气结。

女孩脸上带着讨好的笑容，在他脸色微变的时候抚了抚他的胸膛顺气，力道轻得仿佛羽毛，勾得他心发痒。明亮的眼睛让人无法移开视线，也无法让人真的去责怪她。

季辞握住她不老实的手，按压下心中的浮躁，默默叹了口气。

有些事情，好像朝着不可预料的方向发展了。

他们两个之间的交流，旁人是听不太清晰的。

霍作见两人旁若无人亲昵的模样，想起之前在游乐场的狗粮，心中实在不爽，见缝插针地走了过去和季辞打招呼："季总，好久不见。"

其实并没有很久，霍作就是故意让季辞想起当时的情形，再加上自己现在的形象可以往季辞心里添堵。

路茶刚把人哄好，"问题儿童"立马来给她添乱，一口气没松下去又重新提起来，她没忍住瞪了霍作一眼。

扮成女装的霍作脸皮似乎更加厚了，他反而朝她笑了笑，绝对的不嫌事大。

路茶怕季辞会当面戳穿霍作引起不必要的麻烦，目光紧紧锁定在季辞脸上，万一季辞说出什么不该说的就立刻用手捂住季辞的嘴。

季辞淡淡瞥了伺机而动的她一眼，伸手揽过她的腰往自己怀里一搂，朝着霍作微微颔首："霍小姐好。"

宣示主权又不失礼貌，只有路茶知道季辞有多介意，自己鼻尖都被撞疼了，还得乖巧待在他怀里配合。

霍作眯了眯眼："其实不太好。季总来得不是时候，我和姐姐玩得正开心呢！"

路茶心说：你不要害我啊！

她怕季辞又生气，急忙拽住他的领带，想要解释什么。

但这次季辞没有让她开口，而是动作自然地将她的碎发拨到脑后，捏了捏她微烫的脸颊，眸中尽是温柔。

路茶看得一愣，心跳快得好像马上要蹦出来在季辞面前表现自己有多么活泼。

她有些慌张地垂下眼帘，舔了下嘴唇。

美色攻势就过分了！

第六章·以身相许

.145.

难得见她害羞，季辞轻笑一声，目光一直聚焦在她身上，又仿佛是在跟霍作说话。

"我倒是觉得阿沉没有那么开心，不然也不会找我过来了。"

霍作一噎，腹诽道：你真能睁眼说瞎话，她什么时候找过你？

但他又没法说出口，因为他也不能确定路茶来之前有没有和季辞联系过。

霍作想了想，说道："可能姐姐就是喜欢三人行呢？"

路茶觉得霍作绝对是系统派来收拾她的工具人，专往季辞的雷区上踩，生怕季辞不炸，一个雷不炸就再踩另一个，当打地鼠玩了吗？

季辞当然不会把霍作这种小儿科的挑衅放在心上，他微微勾了下唇，一击致命："我倒是不记得有三人行，上次在密室的时候你好像……"

霍作慌忙掩饰："我就是解迷耗费了一点时间，你别乱说啊！"

还有一些季氏的员工在场，霍作怕自己的偶像光环破碎，下意识否认他的话，又后知后觉想起自己是女装，重新恢复了伪音："不管怎么样，上次我是故意给你们两个制造单独相处的机会，不然怎么可能会发生那样的事情，有点良心好吧？"

霍作不提，路茶都快忘了。

在密室的那个意外之吻，她完全没体会到任何感觉，现在回想起来，只记得季辞的脸是有点软的。

季辞注意到她窥探的视线，玩味的眼神和路茶对视上。

"看什么呢？"

可能是季辞的语气太过温柔，路茶心生荡漾，大着胆子说："我不记得那时候是什么感觉了，可不可以……"

后半句还没说出口，她明显看到季辞嘴角的笑容消失。

季辞好感度 -10。

倒是听她说完啊！

路茶急得跳脚："我是想……"

季辞一副她是渣女的模样："想都别想。"

路茶不能任务还没完成就平白丢了 10 分的好感度，而且这人明显误会了她的意思，又开始傲娇起来，不肯直说。

她一时情急，直接踮起脚在他侧脸上印了一下。

温热的触感稍纵即逝，被吻过的地方却像是着了火一般，瞬间蔓延至耳根。

季辞第一次表情失控，震惊地看向她。

路茶反应过来自己做了多么大胆的事情，怕季辞发火，局促地抿了抿唇，小声解释："就想回忆一下嘛，你听我说完啊。"

季辞彻底无奈，心中又气又好笑又有些欢喜，说不清楚自己到底是一种什么样的情绪。半晌，他才找回了语言系统，将她重新拉回来，用拇指抹去她嘴唇蹭出的口红，语气是自己也没意识到的温柔。

"下次这种事情，找没人的地方做，知道吗？"

路茶原以为他要教训自己的，听到他的话心中是难以抑制的欢喜，弯起眼睛用力点了点头。

季氏的员工训练有素，早就转过头看各自的风景，似乎对发生的

事情毫不知晓。而霍作,再次被硬生生塞了好大一把狗粮,顿时决定以后都不要和他们两个同时出现了!

因为那个吻,任务完成得十分顺利,不仅把丢掉的好感度加了回来,还成功加了戏份。

路茶到游戏中后是第一次心情这么好,一路哼着歌回来,脸颊的热度一直没消下去。为了不引起怀疑,她特意在门口站了好久才进门。

到家后,路茶首先拿出霍作签过名的小猪佩奇来到唐恋的门前。

本想要直接敲门,又觉得唐恋的好感度没有多高,或许不会很想见到她。思前想后,路茶还是将小猪佩奇放在门口,然后敲了两下门,迅速跑回了房间。

唐恋打开门的时候,刚好听到路茶砰的一声关上门。

唐恋一头雾水,不知道她搞什么鬼,却在准备关门时看见了门口的小猪佩奇。

唐恋拿起一看,看到了小猪肚皮上霍作的签名。

唐恋差点尖叫出声。

她压抑住内心的兴奋,向四周看了看确定没人,才缩回房间放肆地发泄心中的激动。

路茶跑回房间后,一直在煎熬地等待系统的提示,却迟迟没有听到声音。

她开始质疑唐恋是个假粉,拿到偶像签名还不开心的时候,突然系统内响起了极度欢快的音乐,吓了她一跳。

刚想吐槽音乐的俗气，路茶听到系统提示——

唐恋好感度 +5。

任务三完成，戏份 +10，能力 +5。

玩家戏份值达到 130，晋升为女二号。

第七章

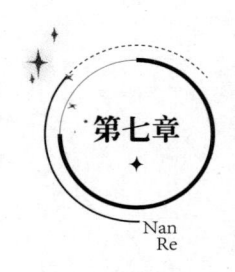

Nan
Re

我没有保护好你

想要和他见面,想要和他靠近一点,想要和他谈一场真实的恋爱。

"恭喜玩家成功增加戏份，晋升到女二号阶段。系统已为您自动解锁'无选择模式'，在接下来的剧情中您不再需要为各种选择题烦恼，可以直接表达出您的想法，人物更加独立。如您不喜欢，也可以从系统设置中更改回来。"

上升了等级，系统仿佛也变了个样子，不再是没有温度的机械女声，而是伴随着洗脑的音乐努力抑扬顿挫着。

"希望您接下来可以再接再厉，继续增加戏份，逆袭成为女主角，系统和您一起走花路！"

路茶心想，声音温柔就算了，小词一套一套的。难不成词库还跟着更新了？

系统提示音又响起："是的呢！本系统已升级为服务器2.0，能够更加贴心地满足您的需求，更好地伴随您的成长。"

路茶只有一个诉求："我要找客服。"

系统说："对不起，本游戏暂不提供此服务。"

路茶面无表情地关掉了系统面板。

她就知道不论系统再怎么升级也不会改变坑玩家的属性。

但好歹算是往前迈进了一大步。路茶决定放纵自己一回，从床上摸索手机打算点个豪华版的外卖庆祝一下。

手机被压在了被子底下，解开锁屏后，路茶才发现季辞给她打了

两个电话。第一个响铃 46 秒，第二个只响了 20 秒，显然是知道她手机可能不在身边直接给挂了。

别人家总裁打电话都是几十个几十个地打，他打一个半就放弃了，一点都没有愚公移山的耐性。

路茶心中有点失落，但还是点开了聊天的对话框，清清嗓子，颇为高冷地给他发语音："季总，有事？"

语音发送后，路茶自己点开听了听，感觉声音有些过于冷漠了，急忙撤回，重新发了一条，一字一句缓慢地说："季总，有事吗？"

这一次的声音偏甜，但有些腻了，不知道的还以为她有什么不能说的目的呢。路茶再次撤回，调整声音和语气又发了一条。

再听，还是不满意。

这样来来回回好几次，聊天页面上全部都是"你撤回了一条消息，重新编辑"这样一行行的小字。场面实在是太诡异，路茶思索两秒，用一堆表情包把提示刷了上去自我麻痹。

只要她看不到，就代表没做过。

但她忘记了，她的聊天页面是正常了，季辞那边却是手机不停地振动，在员工们大气都不敢喘的会议室里格外引人注意。

站在 PPT（演示文档）前汇报的员工每说几个字就要瞄一眼季辞，确认他没反应才敢继续往下说。

原本说话利索的员工硬生生被断成了结巴。

会议结束后，季辞还跟汪助理说："让人事部组织几场团建提高一下员工们的胆量，我也不吃人，大家紧张什么？"

汪助理应下，心中默默吐槽组织再多团建也解决不了您手机振动出奏鸣曲的问题。

季辞回到办公室后，将路茶发过来的那些意味不明的消息一一浏览，回了她一个问号。

路茶还在浏览着外卖软件，看到提醒后翻了个身侧躺在床上，点开消息，一字一字打出来。

酒酿汤圆：不是您先打电话给我的吗？

季傲娇：生气了？

路茶不明白他从哪里看出来她生气的，难道是文字表述太过直白，后面跟着的问号太过冷漠？

她来来回回纠结了那么久还是被他误会了，这让路茶有些懊恼。

纠结许久，她还是直接打了电话过去，用欢快的语气表示自己没有任何的不满情绪。

"季总，在忙吗？"

"还好。"

季辞的声音透着些疲惫，路茶想到白天他才在商场视察，这时候又已经开完了一个会，工作忙碌得让人心疼。

她的声音不自觉跟着心软了软："你之前给我打电话有事吗？"

季辞在对面沉默了一会儿后才说："我打完电话后给你发了消息，你一直没回，又连续撤回那么多消息，我以为你生气了。"

路茶微愣。

她没有看到季辞发的消息啊！

想到可能是自己在给季辞发消息的时候太过紧张，全程都在纠结怎么样的语气听起来合适，没注意到他有发消息过来。

她连忙去聊天界面查看了下，一路往上翻，找到了他的最后一条消息。

季傲娇：以后少跟霍作出去，想去哪里我可以陪你。

光是看着前半句的确会有种命令的感觉，怪不得会以为她生气了。

但路茶知道季辞只是嘴硬心软，实际上是担心她被霍作连累，万一被狗仔拍到传出绯闻，会对她好不容易挽回的一点声誉造成很大的影响。

她看着那句话，心中微微发暖，翘着嘴角答应他："我知道啦！今天是为了给唐恋要个粉丝福利，还真的非霍作不可。但是我答应你，以后肯定会注意的！"

季辞听着她轻快的语气就能够想象到她说话时候的表情，脸上不自觉也浮现了一点笑容。

"嗯，听话就好。"

他夹杂着疲惫的嗓音有些低沉，通过电话传过来更容易让人脸红心跳。

路茶捂着脸转身趴在床上，将脸埋到被子里。

"对啦，你什么时候有空，我们出去吃饭吧，之前答应你的。"

不知道是不是那两个吻催化了什么，路茶发现，她光是听着他的声音，就已经有些控制不住自己的心跳了。

想要和他见面，想要和他靠近一点，想要和他谈一场真实的恋爱。

这个时候，她竟然希望季辞如果是现实世界的人就好了，那样她就可以在现实世界中遇到他，而不是在这个一开始就抱有目的的游戏中。

季辞不知道路茶的情绪由高到低是因为什么，只感觉到她的呼吸似乎轻了几分。

他松了松卡得他呼吸困难的领带，身体往椅背上一靠，椅子顺势转了90度面对落地窗，看到透进来的夕阳和游乐场那天一样灿烂。

想到某人可能会失望，忍不住语调温柔了许多。

"我今晚有视频会议，再晚一些要参加一个酒局。明天上午有项目研讨，下午和你哥哥去跟一帮老头打高尔夫，晚上回公司开会，准备下半年的季度……"

"等等，等等……"

路茶杂七杂八的情绪被他突如其来的行程汇报搅得一干二净。

她越听越不对劲，分明是问他有没有时间吃饭，怎么开始说这个了？

"你直接跟我说什么时候有时间就可以了。"

路茶怕他听不懂，还重复了一遍问题。

季辞好像是笑了一声，这个笑声仿佛是夹杂着丝丝电流，传到她耳朵里酥酥麻麻的。

"阿沅，我的意思是，我没有时间。我也很想和你一起共度时光，但我确实很忙，怎么办？"

怎么办？

路茶的失望化为了气愤，只想拎起被子把他蒙头暴打一顿。

还共度时光！怎么就不能腾出时间来啊！她都主动约他了，一点也不知道珍惜，他肯定没有那么在乎她！

路茶气得右手握拳用力砸了下柔软的被子。

季辞见路茶迟迟没说话,又听到那声不太清晰的闷响,知道她快炸毛了,收敛了些,主动提出了解决方案:"明天中午行吗?十二点,地址我发给你。要是愿意的话,你下午可以和我一起去打高尔夫,刚好唐珩也在……"

他的话还没说完,路茶那边已经挂掉了。

他不在意地笑笑,手机在掌中转了几圈。

不愿意去啊……

也没关系。

路茶的想法很简单:我请你吃饭,你还想让我陪你去应酬?我脑子抽了才会去花钱干助理的活!

反正季辞的好感度已经很高了,她以后要是再主动去找他示好,就是江知禹送给唐恋的那只小白狗!

三分钟后,路茶从床上蹦下来,打开衣柜,开始选择明天要穿的衣服。

季辞的偏好很明显,喜欢看她穿红色系的裙子,这次路茶偏偏不让他如愿。

她翻了翻衣柜里的衣服,从最深处拿出了一件白色露肩吊带裙。衣裙的设计简单,肩带略宽,上沿是并不夸张的荷叶边,长度到膝盖上一点点,穿上后又纯又欲,也不刻意。

再化一个伪素颜妆,配上一双细高跟的凉鞋,明天她依旧是最吸睛的那一个。

路茶想通了,对付男人嘛,还是得让他有点危机感,不然总认为自己胜券在握，她未免太吃亏了。

第二天，路茶睡到了自然醒，起床后按照前一晚的计划打扮好，拿上颜色相配的白色小包，下了楼，正碰上回来取文件的唐珩。

打了招呼后，路茶准备出门，唐珩忽然叫住了她。

"阿沉，听季辞说，下午你也要去高尔夫球场？"

路茶穿鞋的动作一滞，没忍住在心里骂了季辞几句。

怕她不去，所以先斩后奏是吗？

她磨了磨小虎牙，转身朝着唐珩笑了笑："是啊哥哥，我平时也没什么事情做，刚好季总说他下午要和你一起去打高尔夫，我就想去试试……不会打扰你们吧？"

路茶的话里暗示了自己是知道唐珩在才想去，不是单纯因为季辞。

唐珩显然很吃她这套，欣然答应："当然不会，有你在，可比和那些无聊的老头子们聊天有趣多了。"

他揉了揉路茶精心梳的发型，叮嘱道："记得提醒季辞早点到，我可不想帮他应付那些人。"

路茶乖巧地点点头，在唐珩上楼后，默默将被他揉翘的头发压下去。

季辞订的是个旋转餐厅，在大厦的第二十九层，之前在网红的推荐下火过一阵，因为价格过于昂贵令大部分人望而却步。

季辞把地址发过来后，路茶特意到美食点评软件上了解了一下，并没有什么特色菜品，不明白季辞为什么要选择这家店。

难道仅仅是因为这家店是季氏的产业吗？又或者是为了坑她的钱？

路茶站在餐厅门口望了望里面零星的几桌人，叹了口气，捂紧小钱包迈了进去。

餐厅内泛着甜香浓郁的香氛味道，每桌中央都点着几盏蜡烛，随着位置的旋转移动轻轻摇曳，很有氛围感。

路茶一进去，站在门口的服务生立刻恭敬地鞠了一躬，想要接过她手中的包："您好，请问是几人用餐，有预约吗？"

路茶并不适应被人照顾，微微一笑婉拒了服务生的动作。

"有预约，姓季，禾子季。"说完，她在心里补充，你们家总裁的那个季。

服务生在电脑上查询到记录后笑容更加殷勤了："唐小姐是吗？季总还没来，我先带您去位置上稍坐片刻。"

服务生带着路茶到了一个靠窗的位置，另一位服务生过来上了茶水。

路茶道了谢，端起杯子抿了一口。

味道还不错。

杯子还没放下，她听到没走远的两位服务生用压抑着的兴奋语气在交谈。

"那位就是未来的老板娘吗？"

"她好漂亮啊！之前有人说唐家大小姐脾气不好，我看她好温柔的！"

"我看就是那些人嫉妒咱们老板娘这么漂亮！"

说到最后连"未来"两个字也去掉了，直接给路茶和季辞免了烦琐步骤让他们成了一家人。

路茶被夸得有些不好意思，试图用微烫的茶水消除脸上的热意。

不过，这两个员工挺诚实的。

稍微坐了一会儿，路茶从包里拿出手机告诉季辞自己已经到了。知道他工作忙会来得晚一些，没指望他现在回复，直接退出对话框点开了朋友圈。

路茶很少会去刷朋友圈，里面都是一些和角色差不多性格的千金大小姐们晒自己最新买的包包和衣服，或者是新男友。内容千篇一律，她甚至怀疑过这些人是不是在那种"名媛培训班"受过统一的培训。

但偶尔看看也能打发时间。

朋友圈的第一条就是傅嘉莉发的，发表在两分钟前，配图是一张精心找过角度拍摄的美食照片，"无意间"将手腕拍进去露出了新买的宝格丽手镯。

看上去她是想要彰显自己的品位高，实际上是在炫耀自己有能力吃得起五星级餐厅。

更过分的是，利用餐厅提高自己的身价，字里行间透露着对餐厅的嫌弃和不满，仿佛她真的是站在了金字塔的顶层，有资格对餐厅指指点点。

路茶匆匆一阅，本打算跳过，突然发现傅嘉莉的定位有些眼熟，甚至还在照片里发现了一个更加眼熟的背影——路茶自己。

眼皮不太幸运地跳了跳，路茶一转头，果然在斜后方发现了精心

打扮过的傅嘉莉。

傅嘉莉完全不知道自己将其他人拍入镜了,还在各种角度拍摄桌上的其他菜品,看样子是打算一道菜发一条朋友圈刷屏。

真把自己当作美食评论家了?

路茶有些无语。

路茶的目光再次落在傅嘉莉身上,默默叹息了声。

其实傅嘉莉的工作能力不错,不然江知禹不会这么器重她。可惜她太过虚荣,不想脚踏实地,非要追求那些虚无缥缈的东西,还妄想着飞上枝头一夜翻身,也不想想系统不可能允许啊!

小细胳膊拧不过系统的大腿,再想做白日梦,也得成为被消耗的数据。

路茶是来吃饭的,不想因为傅嘉莉破坏了心情,白白浪费钱,索性往里坐了坐,用宽厚的靠椅后背挡住自己。

然而,路茶懒得找碴,不代表其他人也这样想。

江知禹也发现了路茶的身影,并在傅嘉莉的朋友圈发表了评论。傅嘉莉在看到这条评论后火气瞬间起来了。

她宁愿输给唐恋,也不能输给一事无成的冒牌千金唐沅。而且唐沅分明说过自己已经被唐家抛弃了,凭什么还要压她一头!

傅嘉莉越想越气,直接起身踩着高跟鞋来到了路茶的桌边。

路茶正在用手机和唐珩聊天,偷偷说了几句季辞的坏话,唐珩配合地帮路茶骂了好几句,还说之后帮忙教训季辞。

路茶心中正得意着,忽然头顶蒙上一层阴影,吓了她一跳。

她一抬头,正撞上傅嘉莉的鼻子,撞出了系统提示。

任务四：请玩家通过PK（挑战）的方式战胜角色。

路茶揉了揉脑袋，没太明白这个"PK"是一种什么样的新奇玩法。

她刚想询问一下，系统已经先一步在视线最上面的左右方出现了两条血量条，分别是她和傅嘉莉的。相比之下，她的血量条明显少那么一丁点。

路茶愣了愣，反应过来这个任务的形式后，她沉默了，心里却犹如火山爆发，忍不住想要把设计情节的程序员拉过来代替她体验一番。

这真的是一个乙女向的恋爱游戏吗？怎么还有对战模式啊？难不成她们两个要打一架分胜负吗？操作键在哪儿？空手打吗？造成伤害掉血的依据是什么？还有背景的这个音乐，难道不是超级玛丽吗？她今天穿得这么纯欲风竟然要搭配一个管道工用过的音乐吗？

这绝对是史上最坑玩家的游戏，没有之一。

路茶被系统坑得不轻，对面的傅嘉莉也很生气。

傅嘉莉本来是气势汹汹过来找路茶算账的，但见路茶在摆弄手机，心里念头突起，想偷窥一下。没想到弄巧成拙，自己先受了伤。

她气上加气，用尖锐的手指尖指着一脸无辜的路茶开始骂："唐沉，你不长眼睛啊！鼻子撞坏了你赔吗？你是不是故意的，见不了我比你好看？"

路茶没想到她竟然这么自信，眼看自己的血量条又减少了一点，轻轻拨开眼前危险的手指甲，淡声说："傅嘉莉，你搞清楚，是你先过来的。谁会把鼻子放在别人脑袋上？你是不是干了什么亏心事？"

傅嘉莉本就理亏，知道自己这时候一旦发火就会被人抓住把柄，便朝着路茶微微笑了下："我哪有什么亏心事，阿沉你可真幽默。"

"毕竟季总这个人很有趣，跟着他时间久了，总会沾点光。"路茶笑着挑衅，明里暗里的炫耀让傅嘉莉的脸色更差了。

傅嘉莉拿起桌上的茶壶给路茶的杯子倒满，然后将杯子推了过去："阿沉能和季总关系这么好，真是厉害呢。不过我记得，唐家和季家的关系好像不是很好呢。"

连着两个"呢"听着格外硌硬人，路茶庆幸自己没有吃早饭，不然隔夜的饭都得被傅嘉莉恶心出来。

阴阳怪气谁不会，路茶学着她刚才的语气说："你一个小助理哪只眼睛看到我们两家关系不好的？该不会是知禹哥说的吧？我还以为他平时和你一起工作的时候不会想起我呢。"

傅嘉莉血量-20。

路茶知道什么是傅嘉莉在乎的，便句句都往她的痛点上踩。不仅踩得欢乐，还试图在上面直接蹦迪。

傅嘉莉彻底被激怒，"啪"的一下打掉了溢满的茶杯。

茶水四溅，奶白色的桌布瞬间浸上了深色，蔓延开来，像一朵张着巨口的食人花。茶杯掉在昂贵的大理石地面上四分五裂，响声清脆，惹来了其他客人的好奇目光。

路茶反应灵敏，一下子站起来躲开，心说这幸亏不是硫酸，不然沾上一点也是满盘皆输。

她还在庆幸着，上方的血量条突然减少了一格。

路茶一脸问号："为什么？"

系统提示："您的鞋子溅上了茶水。"

路茶低头看了眼鞋面上比芝麻还小的一点茶渍，无语凝噎。

傅嘉莉不知道路茶是对系统不满，瞧见她脸色极差，以为是自己的挑衅成功，勾出一抹得逞的笑容，上前几步握住路茶的手。表面上装作关心的样子查看她的手指，实际用力掐住不肯放，故意用指甲上的碎钻扎她的手。

眼看血量条持续掉落，路茶不再犹豫，心下一横，用力把傅嘉莉推了出去。

这一次傅嘉莉没有再纠缠，而是顺着路茶的力道踉踉跄跄地摔在地上，刚好落在了满是茶水的位置。

傅嘉莉的余光瞥向路茶身后，然后垂眸，将手往最小的茶杯碎片上一扎，鲜血立刻渗出，看起来很严重。

傅嘉莉的这番操作在路茶的预料之中，但也没想到她真的这么下得去手。震惊之余，路茶听到傅嘉莉小而柔弱的声音："季总……"

路茶这才想起来自己是和季辞约好的。

她回头一看，不知道何时来的季辞站在光线昏暗的门口，目光沉沉，猜测不出情绪。

路茶心里一惊：季辞不会在这个时候智商掉线去向着别人吧？他好歹是个隐藏人物，不会被强行降智，瞎眼瞎心吧？

她最讨厌这样的情节了！如果他真的这么做了的话，她就算是被系统整死，在惩罚情节里吓死，在这个破游戏世界里孤独终老一辈子，她也绝对不会多看他一眼！之后再怎么补偿也绝对"火葬场"伺候，连个骨灰盒都不给他，直接一把灰扬了。

季辞原本已经要走到路茶面前了，不知为何忽然脚步一顿，略带诧异的目光落在路茶身上，转身从旁侧拎过来一把椅子。

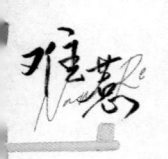

路茶莫名地心虚，觉得他这个转折很像是知道了她内心的想法。

但这是不可能的。

他又没有读心术，这也不是个异能游戏。

椅子的位置距离傅嘉莉更近，傅嘉莉便自然而然以为自己的计划得逞，窃喜之下扭捏地朝着季辞伸出手，等着他英雄救美，狠狠打路茶的脸。

但出乎意料的是，季辞没有偏向任何一个人，他的目光从路茶身上掠过，单手解开西装纽扣，自己坐下了。

傅嘉莉显然也没有想到季辞会作壁上观，悻悻收回了举到发酸的胳膊，又不甘心，怯弱地开口想要获取关注："季总——"

季辞像是没有听见，朝着路茶伸出手，轻声问："疼吗？"

他的语气太温柔，路茶心尖一颤，低头查看才发现自己的手背被傅嘉莉用碎钻划出了几道伤口，又细又小，渗出的血也早已经凝固。

此时注意到，有些微微发痒。

她挠了挠，蓦然反应过来季辞的意思，心中涌进一股暖流，看向他的目光也含了些水光。

明明他站在自己这边是理所应当的事情，她还是忍不住有点想哭。

路茶瞟了眼上方傅嘉莉仅剩 20 的血量条，没有一丝犹豫，扑到季辞的怀里，把手怼在他眼前，嘤嘤撒娇："好疼的！我的手该不会以后都不能用了吧？"

从内到外都透露着"夸大其词"四个字。

季辞被撞得胸口发疼，蹙眉将扒着他衣服的路茶往上提了提，把人扣在怀中，单手握住她受伤的手腕，指腹从伤口上划过，摸到微微翻起的一点皮肉。

　　他完全不敢使力,也无法想象路茶会有多疼。如果他没有及时出现,会不会发生其他更严重的事情?

　　他眸色有些深,忽然抬起她的手在伤口处轻轻吻了一下。

　　路茶被他如此亲密的动作吓到,想要缩回手,却被他握得更紧。

　　察觉到他的眼神有些不对,她结结巴巴地问:"你、你做什么?"

　　"帮你消毒。"

　　路茶完全想象不到这是他能够说出来的话,睁大了眼睛不敢相信。

　　季辞被她过于震惊的反应逗笑了,捏了下她的脸让她回神,轻叹了口气:"我好像没有保护好你。"

　　路茶觉得他这话有些夸张,有种平白往身上揽错的感觉。

　　她知道季辞是担心自己,转过手钩住了他的手指,和他十指交握,轻轻晃了晃,轻声说:"你能向着我,我已经很开心了。"

　　她不是没有玩过攻略,有时候角色明明已经有很高的好感度,但为了走剧情不得不让他突然失智,不分青红皂白完全向着外人,甚至不听解释,一味地相信别人。哪怕之后的"追妻火葬场"很爽,她也很难全然接受完美结局。

　　这个游戏至少没有变态到那个地步,她已经很心满意足了。

　　而且刚刚面对血条持续掉落的时候,她的确有些害怕。她怕自己会就这样死在这里,怕自己回不去家,也怕自己再也见不到他。

　　而他及时出现,她的心尘埃落定,像是从黑暗中窥见一丝光亮,就足够了。

第七章 · 我没有保护好你

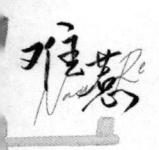

两人旁若无人的亲昵互动让其他顾客好奇地探出头,也让傅嘉莉脸色惨白。

知道自己打错了算盘,傅嘉莉匆忙想要站起来,打算假装是误会给路茶道歉挽回一下。但她动作急切了些,没注意到被椅子"不小心"压住的裙摆,还没站稳就一个趔趄,再次摔到地上,骨头隔着皮肉砸在大理石的地面上,发出一声闷响。

被扎破的手心下意识撑在地上,碎片陷得更深了。

傅嘉莉疼到抽气,却不敢多吭一声。

衣裙早被洒在地上的茶水浸湿,椅子压住的部分和裙身分了家,裙摆参差不齐落在她的小腿上。

有点像劣质恐怖片里低配置的女鬼。

既不恐怖,又不好笑,非常辣眼睛。

路茶只是听着声音就感同身受,觉得自己的尾巴骨也跟着摔了一下,条件反射地想要转头去看傅嘉莉的情况。

但稍一转头,季辞就把她的眼睛捂住了。

"别看,晚上会做噩梦。"

傅嘉莉这时候才明白过来,季辞从一开始就是为路茶撑腰的,之所以把椅子放得离她更近是为了压住裙摆让她出丑。而她像个傻子一样被这两个人耍得团团转。

她恨得咬牙,却不敢再做什么。

季辞不是江知禹,不会对她留情面,也绝对的护短。

季辞依旧没有分给傅嘉莉任何眼神,他的目光浸着温柔,全部落在路茶脸上，蹭了蹭她的脸颊，好脾气地问："想怎么出气？"

这个可得好好想想。

她挠了挠被他蹭得发痒的脸，十分配合地问："可以怎么出气？"

季辞微微思考："欺负过你的全部一一讨回来，尤其是之前推你下水那件事。"

这时，傅嘉莉的脸色又白了一层。

那件事情可大可小，傅嘉莉知道最严重会到什么程度，宁可死鸭子嘴硬绝对不承认，急忙为自己辩解："阿沅！那件事情和我没有关系啊！我什么都不知道的！"

路茶没想到季辞会知道落水事件的具体情况，惊讶之余本想问问他，但傅嘉莉苍白的辩解让她觉得十分可笑。

她质问道："和你没有关系，那是我诬陷你了？唐家是有监控的，一调出来一切都清楚了。"

她不明白都这个时候了为什么傅嘉莉还能说出这样的话。难道不应该低头承认错误、重新做人吗？

她不是圣母，无法原谅一个差点害死她还不知悔改的人。

那种濒死感是她二十多年人生中最真实的游戏体验，也是最可怕的一次。正是因为太过真实，她才不得不相信自己真的被困在了游戏里。

想到这个，她郁闷地瞥了一眼泛着蓝光的系统面板，虽然它不是人，但也是真的不做人！

再往上一看，傅嘉莉的血量条竟然还有最后 10 分坚挺着，翻旧账也不掉血。

这不科学。

路茶皱了皱眉,觉得哪里不对劲。

傅嘉莉因为路茶的质问愣了下,随即想起什么,眉梢都染上了得意,在如此狼狈的情境下有些狰狞:"阿沉,你以为唐家没查过吗?"

路茶心里一沉,终于意识到问题所在。

按照唐父宠爱唐恋的程度,不可能不追查这件事情,但结果却是不了了之,只能说明一点——

路茶马上问道:"你动过监控了?"

但不可能。

唐家的安保也算严密,就算傅嘉莉是江知禹的助理,当时和唐沉还有着表面上的友谊,也没有能力对监控动手脚。总不能是唐沉自己策划的吧?

她想起傅嘉莉之前说唐沉想要搞垮唐家的话,心底生出了可怕的想法,后脊攀上一股凉意,难道说她这个角色真的恶毒到想要致别人于死地吗?

或许是察觉到路茶的不安,季辞抬手揉了揉她的发顶。

"别乱想,"他低声解释,"唐家的监控那几天出了问题,一直没修好。"

他声音低沉,手掌宽厚,格外让她安心。

路茶定了定神,满脑子都是傅嘉莉这个坏女人一定是想故意误导季辞诬陷她,完全忽视了季辞为什么会知道她心中所想。

可是没有了监控,无法证明事情和傅嘉莉有关。路茶不太明白季辞要怎么帮自己讨回受的委屈。

傅嘉莉显然也想到了这一点，摇摇晃晃站起身，开始道德绑架："季总，我知道你想要帮阿沅，可是不能随意诬陷人啊！你说我推阿沅下水，这可不是件小事，你有证据吗？"

她的语气太过嚣张，说的却是实话。路茶心中愤怒，也无能为力。

简直要气死了！

路茶忍不住去戳系统："没有什么一击致命的东西让她下线吗！比如剧情回忆之类的？"

系统回复："对不起，本游戏暂不提供……"

千篇一律的话路茶一句都不想再听，面无表情关掉了对话板。

或许这就是配角的命运，哪怕变成了女二号，也不能抢了女主的风头，这种时候路茶觉得很需要唐恋出马，主角光环闪瞎眼，一个顶俩。

季辞一直观察着路茶的表情，不知道从她脸上判断出什么，忽然笑了一声，捏了捏路茶的脸："对我这么没有自信？"

他轻松的语气很难让人认真，但路茶知道他越自信的时候越会这样。转念想到季辞当时也在现场，说不定真的看到什么或者拍到什么了呢？隐藏人物就该是这种时候发挥作用才对。

傅嘉莉脸色突变，想要说些什么，嗫嚅着嘴唇，却发不出声音。

就算没有任何证据，季辞想要凭空造出一个来，也不是不可能的。万一这就是在引傅嘉莉露出马脚呢？

所以傅嘉莉不敢出声。

季辞慢条斯理环住路茶的腰，冷冷的目光落在傅嘉莉身上，仿佛在看令人厌恶的垃圾。

"傅小姐应该还记得，唐董当时为了迎接女儿回家，特意请了媒

第七章·我没有保护好你

.169.

体到场大肆宣扬,如果我没记错,这件事还是江总委托你去办的。"

傅嘉莉当然清楚这件事,但是那几个媒体人已经被她买通了,所有的数据也已经拿到手销毁了,不可能还有剩下!

季辞知道傅嘉莉会死不承认,所以早早就调查清楚了,为的就是打破她最后的一点侥幸。

"我联系到了其中一位,据说你当时花了一万两千零三十元买下了一份录像,连着备份一起带走了。但有钱能使鬼推磨,你能花一分钱买到的东西,我就能用两分拿到,并且确保不会再流出去,"他看着傅嘉莉掺杂着震惊和愤恨的眼神,没什么感情地扯了下嘴角,"你不会真的以为他们是什么守信的人吧?傅小姐,你好歹在江总身边这么多年,一点长进都没有。脑子是全部都用来追男人了吗?"

他不仅掌握了傅嘉莉推路茶下水的证据,还指出她收买证据、恬不知耻地追别人的未婚夫,简直是直接拿刀子往她的心上戳。

傅嘉莉脑袋一片空白,完全不知道该怎么反驳,刚站起的身体摇摇欲坠,想要旁边的服务生搀扶一下,却被嫌弃地躲开。

谁都不想在这个时候沾上她。

季辞最后一次警告傅嘉莉:"看在江总的面子上,我不要求傅小姐做什么,希望你有自知之明,否则我不介意用一些强硬手段。"

路茶眼看着傅嘉莉的血量条清零。

任务四完成,戏份+20,能力+5,季辞好感度+10。

路茶太过兴奋,一下子没控制住,半声欢呼溢出来,在季辞无奈的眼神下捂住了嘴。

好像是不太合时宜。

季辞恨铁不成钢地敲了敲她的脑袋。

士可杀不可辱。

幸好傅嘉莉已经精神恍惚,不知道路茶做了什么,不然万一发疯冲上来,他还真不知道能不能拉得住。

第八章

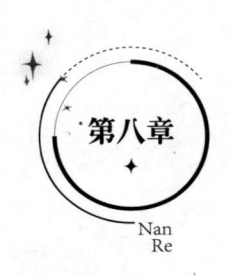

Nan Re

你真是我的绝世"外挂"

气氛恰到好处,他却偏偏像个正人君子,在别人的土地上蹦来蹦去,就是不肯再往前一步。

出了餐厅后，季辞将路茶带上了车。车子在平坦的道路上行驶，她望着窗外发呆，好半天才想起来问季辞他们这是要去哪儿。

季辞见她神情怏怏，声音不自觉放低了些，像是怕惊扰了她："时间来不及，直接去高尔夫球场。场内有零食，饿了可以先垫一下，晚一点再带你去吃好的。"

路茶摸了摸扁平的肚子，居然没觉得饿。

激烈的冲突耗费了她太多的精力，傅嘉莉那副狼狈的样子在她脑海中挥之不去。有再多的好吃的摆在面前，她也食难下咽，更别说还要陪季辞去应酬。

路茶点开好感度确认了一下，想着偶尔拒绝一次应该没事，季辞还是很好说话的，便忐忑地抬起脸。

季辞始终注视着她，双眸深邃，含着温柔的光，仿佛是在看着一件珍贵的物品，稍一不注意就会被碰坏，自始至终握着的她手不肯放开。她想要抽离，也只会被他握得更紧。

路茶没想到自己只是被傅嘉莉抠破了手，他就会有这么大的反应，不大习惯他这个样子，试图想要和他说自己没事，但猝不及防的对视让她一时失神，心跳不受控制地乱了节奏，大脑霎时空白，忘记了自己要说什么。

恍惚间，她竟然有种错觉。

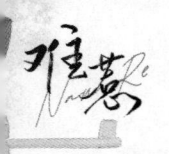

她觉得季辞似乎不是在看唐沉，而是在看她——唐沉这个躯壳里的路荼。

但这个想法被她立即否定了。

季辞看起来有些疲惫，眼底的青黑明显，双眼皮的褶皱都深了几分。

路荼把到嘴边的话犹豫着咽下，想到他之前报备的行程，轻声问道："工作很累吗？"

季辞微愣，随即笑了下："阿沉，你是在关心我吗？"

这人真是无时无刻都能抓住机会调戏她。

路荼已经被他锻炼出更厚的脸皮了，一本正经地说："对啊，毕竟你是我哥哥的朋友，你要是有点事情我怕哥哥承受不住。他难过，我也会很难过的。"

总之就不是为了你。

季辞笑她嘴硬，用手指卷住她脑后落下的一缕头发把玩，倾身靠近她的耳侧："我还以为你怕自己独守空房会寂寞。"

"才不会！"路荼想都没想矢口否认，"我的'老公'多着呢，银时巴卫御狐神、拓海夏目米迦尔……"怕证明的力度不够，她特意强调，"还有霍作呢！"

季辞眼神一沉，扯着她的胳膊揽进了怀里，嗓音温柔，带着隐隐的威胁："你喜欢那种小孩子？"

也不是很小吧……才比她小两岁。

路荼知道季辞是吃醋了，危机感瞬间来袭，张嘴哄骗："不，我就喜欢成熟稳重有魅力，像您这样的霸道总裁！"

季辞好感度 +5。

路茶轻舒一口气,他果然就吃这一套。

季辞勉强算是满意她的答案,但没有放开她,右手搭在她的腰侧,帮她揪掉裙边缝露出的线头。手指有意无意触碰她的腰肢,哪怕隔着衣服她也能感受到他的温度,灼热得像是要把她融化掉。

路茶像一只煮熟的鹌鹑一样窝在他怀里,几次他的靠近都令她不受控制地屏住呼吸,仿佛下一秒就会发生什么脸红心跳的事情。

气氛恰到好处,他却偏偏像个正人君子,在别人的领土边上蹦来蹦去,就是不肯再往前一步。

半晌,终于想起来正事。

路茶伸出手指戳了戳季辞的领带结,小声请求:"我有点累了,可不可以直接送我回去?"怕他不满,又说,"下次我再陪你好不好?"

其实她不想去高尔夫球场还有一个原因——她不会打高尔夫球。唐沉从小在唐家长大,耳濡目染之下不可能一点不了解,但她不一样。被唐珩看到她连球杆都不会拿,怀疑她身份怎么办?

季辞垂目沉思,没立即答应,握住她作乱的手。

从表情上看,是不太乐意的。

路茶已经掌握对付他的窍门,趁机把手指从他的指缝中穿过去,握住,晃了晃,又软声问了一遍:"好不好?"

看着怀中人手到擒来的撒娇,季辞哑然。

他轻叹了口气:"可以。"

路茶眼露欢喜,还没来得及道谢,又听见他说:"不过下次我找你,

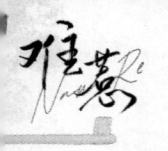

就不能推掉了。"语气里还带了点委屈。

路茶觉得他这样子好像一只被抛弃的大狗狗,有点可爱,很想伸手摸摸他的发顶安慰一下。但她不敢,只得欢快地点头:"绝对随叫随到!"

季辞本来打算把她送到家门口,但路茶怕这个时间唐父唐母都在家,被发现的话之前积攒的好感度会全部清零。她不想冒这样的风险,想让季辞送到小区门口。

门口距离别墅有几百米的距离,需要走进去,但保证安全。

季辞瞄了眼她脚上细高跟的凉鞋,没答应。

路茶好说歹说,才说服季辞让车子停在唐家隔壁的门前。她做贼一样下了车,拿包挡住脸,怕附近别墅里随时有人出来认出她。

就算是富贵人家,也少不了八卦的心。几家的太太小姐们聚在一起七嘴八舌一讨论,甚至能把你孩子什么性别、叫什么、未来上什么学校都帮忙想好。

季辞瞧她小心翼翼的模样,好气又好笑:"我有那么见不得人吗?"

何止是见不得人。一旦被唐父知道她有可能和季辞谈恋爱,非得闹得鸡飞狗跳不可。老头子的态度从之前欢迎宴会上已经能看得出来了。

季辞是季家独子,集万千宠爱于一身,不用担心任何事,但她不一样,她还要回家。

路茶安慰道:"好啦,乖,以后有机会给你名分啊!"说着"砰"的一声,无情地关上了车门。

季辞盯着她一路小跑的背影,感觉她像极了睡完就跑的渣男,说话都是一样的敷衍。

路茶一溜烟进了唐家大门才算是放下了心，转头瞧见夏夏在花圃里浇花，连忙朝她招了招手打探情报："爸爸在家吗？"

夏夏摇头："先生一早和夫人去看画展了。"

路茶放了心，步伐轻快地进了门，上楼补觉去了。

夏夏站在花园里看着不远处的黑色迈巴赫开走，攥紧了前兜里的手机。

自从路茶上次把霍作亲笔签名的小猪佩奇给了唐恋后，两个人的关系破冰，不再是针锋相对，而是能够平和交谈。

唐母看见两个女儿融洽相处很欣慰，吃饭的时候多夹了几块肉给她们。

唐母在饭后把路茶单独叫到了房间里。

路茶有些忐忑，本能地反省自己是不是又做错了什么。

唐母瞧她这样好笑又心酸，摆摆手让她坐下，温和地问："阿沉，你今年年纪也不小了吧？"

24岁，正是最好的青春年华，适合肆意生活。

唐母不会不知道她的年纪，明知故问明显是想要提醒她些什么。

果然，在路茶顺着回答完后，唐母表明了自己的意图——

要让路茶参加联谊会相亲。

理由啰啰唆唆说了一大堆，总结起来就是怕她对之前的事情心中还有疙瘩，怕她会抢亲，所以必须要快速给她安排一个合适的对象，消除她这个隐患。

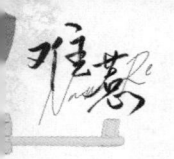

路茶当时就拒绝了。

开什么玩笑,她已经有季辞了,怎么可能会再去和其他人培养感情?而且要是被季辞知道的话,她岂不是死定了?

然而唐母压根儿不在乎她的意见,完全是来通知的,做好决定便把她赶了出去,没有丝毫可以商量的余地。

她在床上滚来滚去,拿着手机面对着和季辞的聊天框犹豫再三,也不敢把打好的字发出去。

以季辞那样小气又爱吃醋的性子,一旦知道她要去相亲,局势就会变得不可控起来。他要是没有那么生气还可以哄一哄,万一傲娇的性子又犯了,偏要在这时候说什么绝情的话来刺激她,她该怎么办?

在床上翻来覆去睡不着,路茶忽然想起系统可以重新开启选择模式。她连忙找到设置,打开了按钮,系统立刻跳出选择框。

唐母要求你去相亲,请问你决定——

一、告诉季辞实情;

二、不告诉季辞实情,直接去相亲;

三、通过睡眠忘记此事。

路茶无语了,这根本和她面临的纠结别无二致啊!

路茶要被这个破系统气死了,就知道不该寄希望在它身上!

她气冲冲地打算关掉选择模式,却发现选择框在最前面,必须要先关掉它才能设置。而选择框没有关闭键,必须要做了选择才会自动消失。

路茶按了按太阳穴,深深觉得哪怕她现在无视眼前的状况直接倒头睡过去,早上醒来后还是会面对同样的选择。

是她草率了。

路茶认命,手指朝着选项一伸过去,决定长痛不如短痛。

在她马上要按到选项键的时刻,唐恋突然打开了她的房门,闯进房间。

路茶毫无防备,手下一抖,点到了第二选项。选择框立即消失,回到了设置页面。

路茶无语了。

隐瞒是最糟糕的一个选项了,直接将两人推到名为误会的悬崖边上,稍有风吹草动便会坠下,一切的喜欢都变得没有那么可靠,只剩猜忌和怀疑。

有那么将近半分钟,路茶的大脑都是空白的,整个人如同僵住了一样,很希望刚刚发生的只是一场梦。

唐恋对此一无所知,进门后大大咧咧地坐在床上,见她一动不动,眼神呆滞,便伸手在她眼前晃了晃:"哎!你灵魂出窍了啊?"

她倒是希望自己可以灵魂出窍直接回到现实世界。

路茶欲哭无泪,只能怪自己手欠,为什么非要把选择模式调回来?调回来还关不掉!做选择还手抖!以前玩恐怖游戏时候的胆子都去哪儿了?

唐恋从没见过路茶这副诡异的样子,狐疑地绕到床的另一边坐下,拉过兔子抱枕锁在怀里,问道:"你被夺舍了?"

是,不仅被夺舍了,还完全换了一个人。一个不通关不完成所有任务就不能回家,只能永远待在这个破游戏世界里徘徊的、孤独的、无助的人!

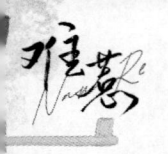

系统"滴滴滴"响起了警报声——

"注意！玩家精神状况不稳定，请平复心情！注意！玩家精神状况不稳定，请平复心情！注意！玩家精神状况不稳定，请平复心情！"

路茶在心里骂道：你精神状况才不稳定！

她深吸一口气，努力让自己缓了过来，笑容过于勉强，比哭还难看。

"我亲爱的妹妹，请你以后进来的时候敲一敲门好吗？它是木头不是薯片，不用担心一敲就碎，但是我的心脏会被你的突然袭击吓到骤停。"

唐恋点点头："哦。"

路茶无语。

女主光环在唐恋头顶闪闪发光，路茶瞥了一眼，很好，她最讨厌那玩意儿了。

言归正传，唐恋来找路茶是有正事的。

唐恋不知道是从哪里听说了相亲的事情，竟然也想要跟着一起去。

路茶原本是想推辞的。

因为选错的事情她已经足够闹心，只想好好考虑之后要怎么去哄季辞，根本不想带一个拖油瓶，就算唐恋是女主也不行。

但唐恋知道路茶在顾虑什么，威胁路茶不带自己的话就把路茶相亲的事情告诉季辞，还会添油加醋编一些其他的瞎话，挑拨他们的感情。

路茶没想到唐恋作为女主竟然这么会赖皮，无奈之下只好答应。

联谊会当天，路茶特意选了一件能够完美衬托身材的小裙子，加上一双漆皮的玛丽珍鞋，下楼时，正遇上吃早饭的唐母和唐恋。

唐恋一口豆浆差点喷出来："你穿得这么花枝招展做什么，孔雀开屏吗？"

路茶纠正她："妹妹，只有公孔雀开屏。"

唐恋不在意："反正都是为了求偶。"

唐母对路茶的打扮很满意，以为路茶是真的有所打算，高兴得夹了根油条给路茶，说道："阿沅，你就该穿得明亮一些，多好看！肯定有许多小伙子要追求你。"

好家伙，还许多？以为是在选妃吗？

路茶微微笑了下，咬住油条。

她打扮成这样无非是为了遇见季辞做准备，让他加快吃醋进程，哄起来时也方便。至于其他的有志青年，只能当个有价值的工具人。

她可是很专一的。

唐母吃完饭便上楼了，走前特别嘱咐路茶，一定要看紧唐恋，不要让唐恋被一些不三不四的人带野。

路茶还挺好奇的，有钱人能有多野啊？那种不务正业、整天吃喝玩乐闹事的少爷们也不可能会被唐母挑过来相亲。

直到到了集合地，她才知道是她想得太简单，这个"野"有可能是不走寻常路的意思。

集合的地点是唐母直接发给司机的，路茶和唐恋都不知道具体的联谊会内容是什么，所以当车停在海城外郊的一座山脚下的时候，两个人都有些茫然。

联谊不是应该吃吃喝喝聊聊天吗？这是要做什么？户外运动吗？

路茶一口气梗在喉咙里，熟练地在心中呼唤系统。系统也在第一

时间为她进行了解答——

　　任务五：请玩家在联谊的每项运动中获得前三名。任务失败不会有惩罚，但名次关联此次联谊的食宿及道具，请玩家认真对待。

　　路茶觉得自己早该想到的，PK对决已经出现过了，竞技模式肯定也不会被落下。一个游戏体会多种游戏模式，多么经济实惠又坑玩家啊！

　　路茶由衷地想要为开发这款游戏的公司及其全体员工竖个大拇指：您可真行！

　　她已经不挣扎了，只求系统可以手下留情，简单一点。

　　接受任务后，系统自动跳出了三项任务——登山、烹饪和游戏。

　　开放时间有限制，应该是根据联谊的内容进行的，现在只有登山这一项是亮着的。点进去后，能够看到距离集合别墅的具体路程数值。

　　路茶看了眼脚下踩着的四厘米鞋跟，开始心疼自己即将受伤的脚。

　　这么站了两分钟，太阳的温度逐渐升高，烤得皮肤发痒。连平时热爱运动的唐恋也不能忍受这样的"抛弃"，拿出手机给司机打电话，想让他回来。

　　路茶没阻止，心里清楚系统的设置是更改不了的，就算是女主也不行。

　　果然，司机在电话里为难地说这是唐母的意思，为的是让路茶在山脚下提前遇到联谊的对象，多相处一会儿，抢在其他名媛之前培养感情。

　　唐恋愤愤挂了电话："太心机了！"

　　路茶用包遮着阳光，不置可否。没有点心机，唐母怎么可能嫁给唐父，还能绑住他的心这么多年呢。

她瞥了眼唐恋的一身着装，简单的T恤短裤加帆布鞋，非常明智的选择。

唐恋也注意到她的目光，又看了看自己，毫无防备地说："妈妈昨晚非让我这么穿。"

路茶一愣。

她居然天真地认为唐母是担心唐恋被其他人看中才故意让唐恋穿得朴素，根本就是算好了她们两个万一遇不到人，需要自己徒步往上走，这身衣服会更加轻便。

她就知道，在他们心里唐恋永远是第一位，做一切事情都是为了唐恋，偏心得太过明显了，也怪不得以前唐沅会有那么大的怨念。

路茶叹了口气，认命地踩着高跟鞋往上走。

唐恋不得不在冷战时期联系江知禹，正扭捏着，转头见路茶这么豁得出去，颇为意外："你疯啦！这么等不及？一会儿知禹哥就来了，你等一下啊！"

路茶头也不回，摆摆手："不了，你等吧，我不打扰你们两个和好！"

她不敢浪费时间，不敢输，一旦让系统得逞，指不定怎么整她呢。

好在路宽敞平阔，走起来不那么费力。

但是费脚。

不过走了一小段路，发硬的鞋边就开始摩擦着路茶的脚。尤其是之前被磨破的脚跟处，经受二次伤害，疼得更快。

第八章·你真是我的绝世『外挂』

.183.

她一转头，还能够看到蹦蹦跳跳焦急等着江知禹的唐恋。

路茶点开任务面板看了眼——

距离目的地还有 2.5 公里。

她到底是脑袋里被塞了多少稻草才会选择穿成这样！

头顶的太阳一点不留情面，没多久汗水顺着脸颊淌了下来。路茶感觉自己像是一个摊在铁锅里的鸡蛋，"滋滋"往外冒油。朝着太阳的一面快煎熟了，另一面还半生不熟，十分煎熬。

唯一庆幸的是昂贵的化妆品发挥了与它匹配的价值，她走了一路，除了头发乱点，擦掉汗水后脸上依旧清丽。

费力走了好半晌，还是前不着村后不着店。

路茶感觉脚踝下的筋被扭成了麻花，酸胀疼痛得完全使不上力气，不得不停下来靠在阴凉的石壁边短暂地休息一下。

一口气还没喘匀，系统突然蹦了出来——

玩家注意，项目一第一名已产生。

路茶当时的想法就是非常后悔。

早知道这样，她就应该在山脚下和唐恋一起等江知禹开车来，不该逞英雄非要自己爬山！她就不明白了，走了这么久，一个人影都没看到，哪里来的第一名啊！抄小路了吗？透明人吧！系统内定了吧！

天气炎热，心情烦躁。路茶自暴自弃，弯腰把高跟鞋一脱。

本以为这样会好走一点，可实际上不仅路上有小石子硌脚心，而且柏油路面还被太阳烤得发烫，硬要一路踩上去大概率会获得铁板脚底心。

坚持了不到三秒，她就把鞋穿上了。

走是真的走不了，输赢在此刻已经不那么重要了，她只想回家——现实世界的那个家，能够自在地生活，有零食有猫有妈妈的饭菜，哪怕是妈妈的唠叨也会觉得格外的亲切。不用担心自己下一秒会不会面临死亡，也不用像现在这样，每天为了完成任务去讨好不喜欢自己的人，待在一个将自己视作局外人的家里，劳心劳力不讨好。

好不容易喜欢上了一个人，却是一堆看不见摸不着的代码数据，离开了游戏什么都不是，也不会出现在她面前叫她现实中的名字。

路茶闭着眼睛靠在石壁上，感觉前所未有的疲倦。

她不知道自己还会在游戏中以这样的状态待多久，也不知道下一刻自己又会面临什么样的离谱挑战，更加不知道季辞一旦知道自己瞒着他来相亲会怎么想。

明明是第一次这么喜欢一个人，却无法告诉他自己的一切，也无法与他分担心里的苦楚，费尽心力的讨好都带着目的，仅有的那点喜欢也变得不那么纯粹。

她心中有些对不起季辞。

明明作为隐藏人物只要纵观全局就可以了，却被她卷了进来，不得不参与到这混乱的故事中，喜欢上她这样一个随时都有可能离开的人。

她像一个小骗子，将他带入局，又终将弃他而去。

一切尘埃落定的那一天，他们将会永不再见。

不知道这样站了多久，忽然身侧吹来了一阵凉风，从右至左，停在了她的面前。

清凉，舒服。

她一开始以为是山风，但耳边嗡嗡声明显，又不像自然风，她倏地睁开了眼睛。

眼前是一个嫩粉色的便携风扇，凉风就是从它而来，扇叶飞速转动发出了声响。

而拿着它的人，是难得穿了T恤的季辞。一身休闲装让他整个人看起来年轻了几岁，倒是有些像霍作平时的风格，刘海乖顺搭在额前，有点"小奶狗"的意思。

路茶愣愣地看着他，不自觉半张开嘴，是真实的震惊。下一刻，获得拯救的狂喜向她袭来，身体先于脑子反应，朝着季辞扑了过去。

难得有这么真心实意的投怀送抱，季辞稳稳接住她，任她如猫一般在颈侧蹭了蹭。被她鼻尖碰过的地方仿佛撩起一层火，烧得他心尖发痒，不由自主紧了紧抱着她的胳膊。

这一次的撒娇非常真诚了。

"季辞，你简直就是我的绝世'外挂'！是踩着七彩祥云拿着风扇来拯救我的盖世英雄！"

路茶又热又累，大脑迟钝，完全是本能的动作和言语。

季辞在她看不到的地方勾了勾嘴角，将她放下，抓住话里的漏洞："什么'外挂'？"

路茶即刻捂住了胡说八道的嘴。

她仔细思考后，解释道："就是游戏里那种第三方辅助软件，可以帮助玩家顺利通关的那一种。我不是经常玩游戏嘛，就顺嘴说出来了。"

季辞略有所思地点点头，笑着看向她："作弊？"

路茶噎住，反驳他："正常游戏里总有一些漏洞或者特殊的存在，那样不算作弊！"

游戏人的事情怎么能算作弊呢。她心虚地摸了摸鼻子。

季辞突然问道："你喜欢吗？"

路茶刚要回答，看到季辞含着笑意望向她，眼中是细碎的光芒。

意识到他话中的第二层含义，她早被晒红的脸颊一片滚烫，心中没来由地慌张，匆忙别开眼神，借着清嗓子的机会糊弄过去。

"你怎么会来这里啊？难道说，你家里也让你来相亲了？"

季辞挑眉，发现她真的是晒傻了，什么话都往外蹦，一点不考虑后果。

"你是来相亲的？"

她绝对是因为太过得意而自爆的第一人了。

路茶观察着季辞的脸色，挠了挠眼下的皮肤："这不是小恋和知禹哥闹矛盾了吗？我妈让我出来陪她散散心，顺便多认识认识人……"

在季辞锐利的目光下，她越说越心虚，自己都不相信自己说的话。

好在季辞没有说什么，只是确实心情没有之前好了。

路茶适时转移话题："对了，你上来的时候没有看到小恋吗？"

季辞脸色有一瞬的不自然，但很快恢复了傲娇，淡声说："江知禹的车好像已经上去了。"

上去了？

不是，她走的不是大路吗？怎么没看到其他人啊？她是到了另一个异世界吗？其他人都被时空吞噬了？那是不是其实现在她身边也是有很多人,只是她自己没发觉?这游戏莫名朝着诡异走去了?

路茶挥散掉脑子里乱七八糟的想法,心想不能再耽误下去,连忙拉着季辞往山上走。

季辞任她握住手,将人反拉了回来:"你打算这么上去?"

路茶低头一看,脚踝不知不觉间已经微微肿起,怪不得一直在疼。

她扫了眼四周,惊讶道:"你没开车?"

"没有。"

那请问您来是给我当坐骑的吗?路茶瞬间觉得季辞毫无作用了。

季辞好感度-5。

路茶一愣。

她错了。

路茶讨好地看向季辞,后者目光沉静地看着她,窥探不出情绪。

她一阵心虚,知道自己用完他就丢确实不大厚道,凑上去挽住季辞的手臂,发现他的皮肤微凉,不像是一路上山晒过来,倒像是直接从室内飞到这里的。

她没多想,只当季辞体温低,作消暑用。

"季总,要不您打个电话让司机上来?"

季辞无情地抽出了手臂。

路茶心想:完了。

正当她想办法要哄他的时候,季辞把风扇放进她手里,转身蹲了下来,无可奈何地说:"上来吧!"

嘴硬心软,说的就是他本人。

路茶盯着他宽阔的脊背,没有任何犹豫地趴了上去。

被太阳晒得发烫的皮肤贴在他身上,女孩清甜的气息瞬间闯入季辞的呼吸,他压着裙摆扶住她的双腿,不可避免地触碰到柔嫩的肌肤,犹豫几秒,还是没有移开。

路茶讨好的话张口就来:"季总你真好!"

他稍稍侧过头,看到她被阳光浸染的睫毛翘起的微微弧度,嘴角也不自觉跟着上扬,无可奈何地摇了摇头。

路茶美滋滋的,把下巴搁在了他的肩膀上,看着阳光下交叠着的两个人的影子,晃了晃腿,被季辞呵斥了一句后老老实实趴着,眼中皆是满足的笑意。

好像在这种时刻,其他的一切都不那么重要。

阳光没有那么刺眼,她的脚没有那么疼,这条路也不需要有尽头。

哪怕未来太过未知,可能有无尽的危险,也可能会有出乎意料的惊喜,但只要有身边的人在,她就可以稍微再坚持那么一下。

一下就好。

到达山顶后,系统立即跳出提醒——

恭喜玩家获得项目一的第三名,请玩家入住二楼左侧最里面的房间。

路茶迫不及待,拖着受伤的脚进了系统安排好的房间。

屋里有个阳台,风将白色窗帘吹起,能够看到海城的全景。作为第三名的房间已经不错了,甚至比唐家的房间还要好一点。

她随意踢掉了脚上的高跟鞋,坐在床上,打算查看一下脚上的伤。没想到有点没坐稳,她直接栽倒,差点以为自己要陷进床垫。

这也太软了!

路茶稳住身子,按了按晃晃悠悠的床垫,再撩起床单一看——竟然是水床!

摸起来冰冰凉凉,但是晃久了会晕,而且水床啊……她想起以前看过的某些小说中的情节,摸了摸发烫的耳尖。

她绝对没有想一些乱七八糟的东西。

门突然被敲响,打断了路茶的思绪。

她踩着拖鞋单脚蹦了过去,打开了一条门缝。

季辞看到她顶着个快散架的丸子头,满眼无辜,脸颊红扑扑的,不知道怎么想起了好骗的小白兔。

不过这只小兔子可不太好骗。

他站在门口没进去,问道:"脚还好吗?"话音未落,已经看到路茶的脚被磨出一圈的红痕,皱了皱眉。

路茶没注意到他的视线,主动将门打开,又一路蹦回了床上,随口答道:"没什么大事。"

脱掉鞋子就没有那么疼了,拖鞋是绒毛的,质地柔软,只要不做大动作牵连到伤口,等结痂以后就好了。她已经磨出经验来了。

见他还是不太放心,路茶毫无形象地侧坐在床上,伸出脚给他看。脚指头圆润莹白,涂着红色的指甲油。

季辞目光触及她露在外面的皮肤,有些无奈。好歹面对的是个成年男人,就这么没有防备心,不怕出事?但要是提点她,又像是他有什么不轨的企图一样。

路茶见他没动静,疑惑地问:"怎么了?"

季辞注视着她清澈的眼睛几秒,叹了口气,走过去半蹲在床边,握住了她的脚踝。

这一次和之前在商场不同,路茶的裙子没有那么长,不再有衣料的隔挡,季辞灼热的掌心完全包裹住了她的脚踝,烫得吓人。

路茶屏息一瞬,手下水床波动,没有能够抓着的东西掩饰心慌。她压住险些走光的裙摆,猛地抽回自己的脚,抱着膝盖警惕地盯着他。

"你干吗!"

这时候倒知道怕了。

季辞一脸坦荡,晃了晃手中的药膏:"你以为我要做什么?"

假如路茶是个水壶,现在一定已经沸腾到冒热气了。

季辞的好感度这么高,两个人的关系暧昧不明,实际就差一句话捅破窗户纸。按正常的剧情发展,有些亲密接触的戏份无伤大雅,更会让玩家小鹿乱撞欲罢不能。但路茶摸了摸跳动明显的胸口,不知道为什么,在意识到这一点后她反而有点心酸。

都是为他人做嫁衣。

她抿了抿唇,伸手夺过了药膏:"谢谢,我自己可以。"

季辞注视着她眼底一闪而过的失落,轻笑了声,俯身过去,手指蹭了蹭她的脸颊,明知故问:"怎么这么烫?热的?"

路茶觉得这人不是一般的恶劣,心中酸胀的情绪持续发酵,又想起上山前被减掉的好感度,顿时气不打一处来,猛地转头警告他:"你再欺负我,我就告诉哥……"

她的声音在看到季辞眼中浓重的情绪后戛然而止。

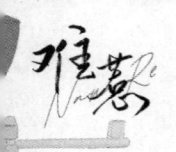

两人谁都没有在意距离，此时低头便可碰到，呼吸可闻。四目相对的瞬间，周围的气温瞬间升高，路荼嗅到了些危险的气息。

她眼睁睁看着季辞又凑近了些，嗓音极低，像是诱惑一般锁住她躲闪的眼神，问道："告诉谁？"

她脱口而出："哥哥。"

"乖。"

季辞含笑捏了捏她的脸，拉开了距离。空气一下子清凉起来。

路荼愣了半晌，之前的情绪消失得一干二净，咬牙切齿。

狗！男！人！

第九章

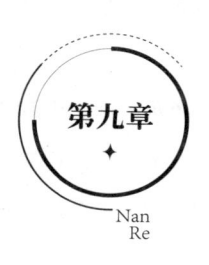

Nan
Re

深夜福利

"所以你什么时候打算给我一个名分？"

说是相亲联谊,其实更像是一场小型的聚会。时间是一天一夜,要在别墅住一晚上。

季辞和江知禹算是半路意外加入的,互相介绍的时候,季辞在路茶的眼神威胁下没有多说什么,但江知禹直白地表明了和唐恋的关系。

两个人公开订过婚,就算不说,大部分人也心知肚明,不会参与他们之间的事情。

而季辞作为季家的当家人,一直是单身,又来参加了这次的聚会,免不了会让在场的几个女生蠢蠢欲动,都想要积极表现。哪怕最后没有得到季辞的关注,获得其他几位少爷的好感也算有所得。

路茶一开始没想掺和进去。

她觉得那帮人凑在一起争风吃醋,抢着表现,跟养殖场里的鸡鸭鹅戴上发饰、穿上衣服选美一样,场面混乱吵闹,满地掉毛,结果不过是沦为别人的盘中餐。

想想就凄惨。

相比起来,路茶半躺在屋檐下的沙滩椅上,静静围观着他们,时不时在心里吐槽几句,仿佛电视机前的吃瓜观众,十分惬意。

休息不过半小时,系统猛地跳出任务框,差点吓得路茶失手打翻西瓜汁。

项目二发布,烹饪。请玩家在过程中按指示完成步骤,获得分数越高，名次越高。

路茶想起上学时玩过的网页版做饭小游戏，听起来规则差不多。

但真的这么简单吗？

路茶对系统表示怀疑："你不会有什么阴谋吧？"

系统面板上出现了一排可爱的颜文字——

系统并没有什么坏心眼，只希望玩家可以顺利完成任务，获得成绩。

更新后就是不一样，还能出不同的字体了。再更新一次是不是可以出表情包？

系统没有回应。

路茶也没指望它能回应，一抬头，看到两个女生朝她这里走来。

她对其中一个有印象——宋之瑶，登山项目的第一名，宋家的大小姐。宋之瑶和季辞认识，刚到时他们交谈过几句，看起来关系不错。

路茶随口问起季辞和宋之瑶的关系时，季辞没有回避，回答说青梅竹马。

青梅竹马可是一个含义颇深的词语。

但宋之瑶对路茶的态度看不出恶意，更像是助攻。药膏就是宋之瑶拿来给季辞的，刚开始还邀请路茶一起玩，不过被路茶以脚伤为理由婉拒了。

至于另一个穿着朋克风外套的人，路茶想了半天，记忆为零。

宋之瑶说话温和，来了以后先询问了路茶的伤势，见路茶没大碍才放了心："没事就好。马上中午了，我们想着去做点吃的，你要一起吗？"

答案系统已经帮她选好了,由不得她拒绝。

到了厨房,系统自动跳转出任务的页面。

和路茶预料的一样,整个项目的模式都是按照网页版的做饭类小游戏来设计的,她只需要按照任务面板上出现的口令去精准地完成每一项小任务。

但是,正如她担心的那样,系统从来不会让她如此容易就通过考验。

这一次设置的困难点在于指令是全英文。

指令最开始跳出来的时候,路茶以为是系统总设置出现了什么问题,检查过后发现其他部分的文字都没有改变,只有这一小项下的指令是这样。

她迟疑了。

玩个游戏还要考验知识储备能力吗?英语老师见了都会夸一句寓教于乐,说不定会推荐给学生们玩。但问题是,你好歹给个词典查一查啊!全部都是专业名词,就算是烹饪专业的学生也无法完全认识。她只是一个卑微的游戏试玩,不是什么学霸学神,一定要出这么高级的难题吗?

路茶叹了口气。

系统提示音响起:"出于人性化考虑,此次项目提供更换语言选项。"话音刚落,对话框的右上角出现了"Language"的选项。

路茶兴高采烈点进了语言选择,从上到下浏览一番后,笑容逐渐消失。

选项里有最常见的英文到她听都没听过的天城文，唯独没有中文。繁体的也没有。

没有一点意外，路茶习以为常，依照英文指示拿起菜刀，猛地落在案板上，将黄瓜一分为二。

系统提示说："请玩家保持心情愉悦。"

路茶冷冷地回道："我挺愉悦的。"

——才怪！谁会在玩这个游戏的时候获得快乐啊？只会想要砸掉设备吧？

光是把游戏软件从电脑中删掉已经不能够消除她的愤怒了。

路茶已经决定，等到回了现实世界，她一定要给游戏公司写一封建议书，并且在游戏评论区一字不差地把所有坑玩家的点都梳理出来，让其他人避雷！差评！

路茶面对任务面板上一行行的英文句子，猛地沉了口气，从兜里掏出了手机。

办法总比困难多，系统可没说不能够自己找翻译。

因为一边翻译，一边执行，路茶的速度比其他两个人慢很多，她们都做完了，她却还有一道菜没准备。好在这次不比谁做得快，比的是谁的完成度高。

系统在切菜的时候会出现虚线让她参考，在加调料的时候也会写出具体的量。整套程序下来，她只要在下锅后看着火，不让锅里的菜煳掉就没什么大问题。

就在路茶玩得心应手，以为自己会这样安全完成任务时，"翻车"如约而至。

最后一道菜是辣子鸡。她依照步骤将鸡丁先下锅微炸定型，却忽略了鸡肉刚解冻不久，一下子倒进油锅后，锅里"哗啦"一声跟炸了一样，油点争先恐后往外蹦，场面一度失控。

路茶吓得后退两步，还是被油点烫到，虎口的地方微微发红，针扎一样地疼。

系统无情的声音响起："玩家受伤，健康值-5分。"

路茶气得无语。

宋之瑶恰好在旁边收尾，瞧见路茶手忙脚乱，赶紧将锅盖盖上，关了火，然后到客厅拿来药膏给路茶涂上，叹了口气："不然我来做吧。"

那怎么能行！宋之瑶是竞争对手，让她帮忙，不就是给他人做嫁衣，分数拱手让人？

路茶坚决拒绝："没关系的，做菜被烫到是常事，我没那么娇气。"

宋之瑶还是有些担心，但见路茶如此坚持，便也没多说什么。

宋之瑶走后，厨房里就剩下了路茶一人。锅里还在噼里啪啦响，路茶小心地揭开锅盖，一步后退到好远，确定不会再被油溅到，才将鸡丁捞出来，松了口气。

这么一耽搁，鸡丁有几粒炸得焦黄，只得了个位数的分。路茶无可奈何，只能在接下来的步骤里想办法获得高一点的分数。

鸡丁炸定型后，要热油下锅将其炒熟。

路茶以为炸过的鸡丁不会再溅油了，结果下锅的瞬间，又是"哗啦"一声，纵然比之前的声音要小，却还是有不甘于在锅里消耗的油想要逃出来。

她学精了，拿着铲子跑得比之前要快，直接退到了厨房门口。

这次溅不到了吧！

路茶在和油的第二次战争中获得了胜利，扬起眉毛，晃了晃手中的木铲。

季辞从宋之瑶那里听说路茶被烫到后下了楼，看到的就是这么一副画面——小姑娘纤瘦单薄，因为忙乱没注意到头顶翘起了几根毛，正随着她得意的动作嚣张晃动着。

他驻足盯了几秒，走上前，伸手将那头发压了下去。

身后突然出现人，路茶如受了惊的兔子一般，转过身按住了自己的头，茫然惊慌的眼睛一眨不眨地看着季辞，差点被他吓死。

"你走路怎么没有声音啊！"

小姑娘娇里娇气发脾气，季辞无处辩驳，笑道："你自己不注意，也是我的错？"

路茶"哼"了一声："就是你的错！"

季辞无语。

行，他不跟她计较。

季辞握住了她被烫伤的手，查看伤势："疼不疼？"

路茶想起被减掉的好感度还没加回来，往前凑了凑，跟季辞撒娇："好疼的。"所以快把好感度加回来！

季辞接收不到她的讯号，摸了摸她的手背，皱了皱眉，轻斥："活该！一天的时间不到，手和脚都能伤到，三岁小孩都不如你皮。"

路茶无话可说。

第九章 · 深夜福利

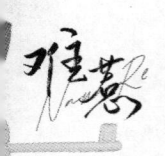

不会说话请把嘴捐给有需要的人好吗？不安慰就算了，还说风凉话。狗男人除了占便宜的时候嘴甜，其他时候还是不说话更赏心悦目。

路茶心里委屈，抽回手不想搭理他，回到炉前将鸡丁翻炒了几下。

季辞看着她闹别扭的背影，无声地笑了笑。

真是个小孩子脾气。

路茶的手还火辣辣疼着，翻炒的动作有些吃力。季辞在旁边站了许久，实在看不下去，从后握住她拿着铲子的手，带着翻动了几下。

可能是动作专业，系统竟然给加了分。

路茶呸了系统，可没出息，几个动作加的分比刚才她炸煳鸡丁的分还高。

她不想被季辞白占便宜拿不到好感度，后退半步想要收回手，猝不及防撞上了季辞的胸膛，被他顺势揽在怀里，清晰地感受到身后人的呼吸和温度。

心跳声瞬间放大，分不清到底是谁的。

她没料到季辞会有这招，大脑轰的一声，炸出满满雪花点。

季辞手上翻炒动作不停，偏头轻声问道："怎么还投怀送抱呢？"

路茶顾不上反驳，感觉自己成为了一个僵硬的雕塑，只有胸口里作乱的心脏在提醒她，她已几近癫狂。

在她以为自己要心脏病发了的时候，系统跳出来拯救了她。

季辞好感度 +10。

路茶慢半拍反应过来，觉得自己不亏了。

她红着脸怼他："季总平时这么忙，还会做饭呢？"

"没办法，家里只有我一个人，不做饭只能饿死。"

路茶暗想，他是不是在暗示什么？

路茶装作没听懂："雇个人不就行了，你要是需要，我可以把家里的保姆介绍给你。夏夏做炸鸡特别好吃！"说到后来，她自己都馋了，想着等回去了，一定要让夏夏多做几个口味的炸鸡。

季辞刚想笑她没出息，忽然想到什么，问道："什么保姆？唐家不是只有一个阿姨吗？"

路茶说："是有阿姨，还有一个年纪和我差不多的小姑娘，好像是阿姨的亲戚吧。"

她没太了解过夏夏的情况。

不知道季辞怎么会对夏夏感兴趣，路茶有了危机感，狐疑地问："你该不会有什么特殊癖好吧？"

季辞本来在想事情，被她打断，无奈又可笑。

"你脑袋里都是一些什么乱七八糟的，"他捏了捏她的脸，"如果非要说什么特殊审美，大概是喜欢某个扬着钳子在边界线不断试探就是不敢闯进来的小螃蟹。"

突如其来的告白让路小螃蟹秒变煮熟后的样子。呆了几秒，她反应过来，这人是不是说她横行霸道来着？

鸡丁翻炒得差不多了，季辞低头瞧了眼耳根红透、肢体僵硬的路茶，从她手中接过了木铲，问道："接下来要做什么？"

路茶趁机从他臂下钻了出去，用手掌扇了扇风，想让自己忘掉他刚才的话，照着任务框上的英文大致翻译："干辣椒用油炒到棕红，下花椒炒香，将鸡丁放入，再加入料酒、盐、鸡精、胡椒、白糖、醋、

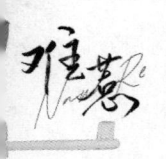

鸡汤炒到鸡丁发软，再收汁。"

季辞似笑非笑的目光落下，路茶才意识到自己语调太过僵硬，一看就是读出来的，连忙掏出手机装作翻找的样子："我记得百度是这么说的……"

季辞轻笑了声，按照她说的将辣子鸡做好，出锅。

"我以为你把菜谱背了下来。"

路茶哽住，从他手中抢过辣子鸡，脚步匆匆地端到了桌上，离他几米远。

恭喜玩家在项目二中获得第二名。玩家可在用餐时自由选择座位，并不限饭量。

以为自己能够获得什么高级福利的路茶沉默了。

不限饭量？真的不是在暗示她吃得多吗？她是不是还要谢谢系统让她可以多吃一些？

系统："不用谢。"

路茶蒙了。

这个时候你怎么出来得这么快，还回答得这么顺畅？以前喊你的时候都去哪儿了？戴着耳塞听歌吗？程序员检修的时候不给你治治耳朵吗？

她就不该对系统有什么期待，不整她已经很不错了，怎么会给她福利。但是就算是生产队里的驴也该适当给一点甜头吧！

她的怨念积攒了不是一天两天，鉴于之前的情况，系统可能是怕她真的精神崩溃，少见地妥协了。

系统："如果玩家可以在第三项项目中获得第一名，系统将赠予玩家一次与好感度最高的角色的福利情节。"

路茶咽下一口气,算你识相!

第三个项目是游戏。

作为资深游戏玩家,自封游戏之王的路茶压根儿没把这个项目放在眼里。不论是什么类型的游戏,她都可以稳拿第一。

然而系统怎么可能会让她那么简单获胜。她万万没想到,所谓的游戏竟然是高尔夫!

她避开了唐珩,却没有避开江知禹。

作为从小看着唐沉长大的竹马,江知禹比路茶更加了解唐沉,在他面前做不擅长的事简直就是踩进了雷区,每一步都得小心翼翼,以防止江知禹发现不对劲。

好在他们玩游戏的最终目的还是促进感情,所以进行男女抽签组队,以团队的形式来进行比赛,哪一队进洞数多获胜。

路茶判断了一下在场男士们的能力,决定还是想办法抽到季辞比较保险。

起码他肯定不会在发现她不会打球后直接拆穿。

因为条件有限,这次抽签用的是白纸撕成的均等方块,在上面写上男生的名字让女生抽,抽到哪一个便是一队。

路茶为了保证百分百的概率,主动申请跟着宋之瑶去做字条,说是防止作弊。

字条做得很快,她几乎还没插手,宋之瑶就把字条做好了。瞧见她四处游离的眼神,宋之瑶就知道她非要跟来的目的了。

宋之瑶早看出来路茶和季辞之间不是普通朋友那么简单，索性将写着季辞的字条塞进路茶的手中。因为全部都放在一个上方开口的小盒子中，从外面看不清纸条，只要她们两个串通好，就不会有什么问题。

路茶有些诧异，这么光明正大地作弊，不大好吧？

宋之瑶发现她的顾虑，笑了笑说："没事的，要是觉得这样太明显，也可以帮你贴在边角，你抽的时候直接揭下来。"

宋之瑶熟练的样子显然是个老手，不知道参与过多少这样的游戏，又帮了多少人做这样的事情。

路茶想了想，还是觉得这样握在手心比较保险。

最后，路茶如愿和季辞分到了一队。

当她喜滋滋拿上写着名字的字条给季辞看的时候，季辞并没有很惊讶，嘴角勾着笑，别有深意地看着她。

路茶被他看得心慌，把字条在他眼前晃了晃，略带不满地责备他："你都不高兴的吗？这可说明我们两个很有缘分呢！"

季辞淡笑："我想想，你是把字条藏在了箱子里了，还是一直握在手里？"

路茶没想到他会知道，又怕别人听到，吓得连忙伸手捂住他的嘴。她的手心因为一直握着字条起了层薄汗，悉数擦在了季辞脸上。

季辞微皱着眉，嫌弃地拎起她两根手指将手拿开。

"看来是在手里握着。"

路茶本就心虚，扫了眼其他几队，凑到季辞身边小声警告他："我这都是为了和你一队，你不能举报我。"

"怎么，自我介绍的时候不让我多说，现在知道和我一队了？"

他一直没说，路茶以为他不是很介意这件事，没想到只是因为傲娇不肯明说。

这个人什么时候能够再直率一点？

她张了张嘴，在别人看不到的角度偷偷牵住了季辞的手，撒娇一般晃着哄他："那还不是因为妈妈让我来参加这次联谊，你若说清楚的话，她也会知道了。我在家里本来就不受重视，要是被知道和你在一起，他们不得直接把我赶出家门？到时候你家里难道就能够接受我吗？"

面对这个现实问题，季辞并没有考虑太久，问道："如果我可以解决家里的问题呢？"

路茶说："那你就再来解决我家的事。"

反正唐父唐母唐珩一共好几关，不是那么容易对付的。

等他解决完，估计她也差不多该走了。

想到这个，路茶有些失落地低下头，手指在他手心轻轻蹭了几下。柔软的指腹轻轻划过，带些不舍和眷恋，但他永远都不会知道她的心思，只会当她是在撒娇。

季辞握住她不安分的指尖，将话题移回作弊问题上："放心吧，一般而言，主谋是不会主动供出'罪行'的。"

路茶微愣，眼中逐渐染上光亮，欢喜爬上她的眼尾，留下一个弯弯的月牙。

他是在告诉她，她不是单向奔赴。

他也想要和她在一起。

比赛在别墅的后院举行，每队两人轮流挥杆，进球可以继续挥，最后算队内进球总数。

路茶尽管在候场的时候临时恶补了一点高尔夫的知识，但实践起来还是有些难度的。她只能依靠网上说的手法握住高尔夫的球杆，摆出一个看起来还算像样的姿势，但迟迟不敢挥杆。

她知道这一杆一定会挥空，这对于一个从小玩高尔夫到大的富家千金来说实在不正常。

或许是系统知道了她的犹豫，在这个时候跳出了倒计时，要求她在规定时间内挥杆，不然算作本次失效。

路茶必须保证自己获胜才能够获得福利情节，失效球肯定是不行的。没有其他办法，她只能盯紧球，作势要抬起球杆——

后背忽然靠上温热的物体，路茶下意识地回过头，见是季辞从后面环抱住了她，他的侧脸就在眼前，双手握住她的手，帮她纠正了拿着球杆的姿势。说话呼出的热气就在耳边，她的耳朵瞬间红了起来。

她竟然左右手反了！

怪不得感觉哪里不太对劲。

路茶怕季辞觉察出问题，身体紧绷起来，拿着球杆的手也变得僵硬。

季辞轻叹了口气，抚上她的手腕，轻轻揉了揉，在她耳边低声提醒："你这样反而更会让人看出你不会，放松点，跟着我来。"

他的话向来有安抚人心的力量，在他轻缓的按摩下，路茶逐渐放松下来，后背靠上他的胸膛，整个人都依托给他。

季辞将她安稳地揽在怀中,调整她的姿势,低声告诉她挥杆的技巧,然后猛地挥杆——

球呈一个完美的抛物线落到草地上,滚了几圈,顺利进了洞。

原本游戏就是为了增加彼此的感情,季辞上前和路茶一起挥杆大家并没有意见,甚至还乐得看戏。

但季辞打的第一球进洞后,有人按捺不住了:"季总,你这帮忙算犯规吧?"

说话的人叫董子越,和宋之瑶走得比较近。不过这次的游戏没有和宋之瑶抽到一起,而是和另一个有些做作的女生抽到了一组,此时已经勾肩搭背,很是亲密了。

路茶看了眼宋之瑶,她站在阴影处,看不太清表情。

路茶撇撇嘴,果然渣男毛病多。

她想帮季辞说几句话,季辞已经带着她的手开始打量下一杆了。

注意到她分神,季辞将她的脑袋掰回来,让她全身心看球,别管无关紧要的人。路茶更加替他不值。

这帮人平时合作,需要帮忙的时候都是好声好气的,私下里指不定怎么编排人。只听董子越这种语气,就知道他绝对是个不学无术的纨绔,没事找事呢!

路茶咽不下这口气,刚想开口,季辞已经挥出第二杆,依旧顺利进洞。

她的话哑在嘴边,知道不需要自己了。

季辞单手拎着球杆甩了一圈,球头砸在草地上,他揽着路茶的腰看向董子越,脸上带着微笑。

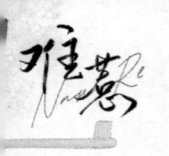

"董少误会了，我没有帮阿沅，这是我们两个一起打出的成果，"说着，他瞥了眼董子越搭档的那位运动神经差劲的女生，"你要是想试试也可以。"

话是这么说，但只要季辞每杆都进洞，董子越就没有这个机会。

眼看董子越脸色变了，宋之瑶连忙出来打圆场："不然这样吧，赛制改成每队两人共同挥一杆，轮流进行，进球次数多的队获胜。"

她的话没人有异议。

因为季辞已经连续挥了两杆，下一杆换了另一队继续。

回到赛场边，面对董子越的臭脸，路茶没忍住，冲他放了狠话："你信不信就这样我们也能赢你们！"

董子越瞟了一旁的季辞一眼，冷哼一声："小爷等着！"

路茶瞧董子越这副嚣张样子就来气，转头要拽着季辞说什么，在看到季辞无奈的眼神后，才发现自己大话说得有些早。

就算是专业选手也不能保证杆杆进洞，何况怀里还抱着一个人。

但季辞并没有打击她的积极性，反倒是她有些不好意思了："我是不是给你添负担了？"

季辞笑了笑，捏了下她的脸颊："阿沅说可以，就可以。"

"真的？"

"嗯，不过……"

季辞一张口，路茶就知道他要说什么。

这人的老毛病又犯了，总要有点便宜占才算满意。

她歪着脑袋想了想，反正赢了以后是有福利情节的，怎么算自己都不会亏,索性一挥手:"只要你赢了,怎么都依你。"

季辞盯着她懵懂单纯的脸,眸色渐深,蕴藏着她不曾知晓的危险。

"既然阿沅这么有诚意,我一定会努力的。"

路茶摸了摸发烫的耳朵。

总觉得这话,不大单纯呢。

有季辞在,最后的结果自然是大获全胜。

不仅让董子越成功吃瘪,路茶也获得了系统的提示——

恭喜玩家任务五完成,戏份+20,能力+15,并获得角色福利情节。福利情节会在24小时内不定时发放给玩家,请玩家随时注意查收。

好家伙,还不定时,是打算给一个惊喜吗?

她只希望不要是惊吓。

熟知游戏套路的路茶知道,说是24小时内,那一定会是在最后的一个小时发放。所以她没有特意等待,晚上找理由早早回了房间休息。

水床自带消暑功能,没一会儿她便睡了过去,不知道是不是太过荡漾,她梦到了季辞。

梦里的他一改傲娇,热情得让路茶有些招架不住。眼看梦里的进度条要到达脸红心跳的时刻,突然"哐当"一声,路茶的心脏随之猛地一跳,被吓醒了。

梦里正是关键时候啊!怎么就偏偏在这个时候吓她!这要是福利情节,她不是亏了?

路茶睁开眼睛,拿起手机看了眼时间,没忍住骂了句。

第九章· 深夜福利

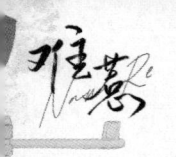

仿佛在回应她的这句话，外面又是"哐当"一下，听着像是门被用力甩上的声音。路茶捂着严重受伤的小心脏，不敢吱声。

她也没说什么啊，这么凶！绝对是系统故意吓唬她的，她可不跟它们一般见识。

路茶装作什么都没有发生重新躺下。合上眼的同时，忽然听到门外有一道熟悉的声线，好奇心被提起来，路茶仔细辨认，好像是宋之瑶。

这个时间了，她在和谁说话？和谁争执？为什么这么大的声音没有人出来看一眼？因为和剧情无关，所以都选择性失聪了吗？该不会只有自己才能听到吧？难道这就是玩家的特殊能力吗？

屁！

路茶不知道该说系统什么好。估计这时候如果还有选项，一定会跳出来问她要不要跟上去。

她可不想给自己随便揽事情，什么都没有她亲爱的被窝舒服。偏偏就不随系统的意，就不去！反正也不会有什么好事等着她。

二十分钟后，别墅后山。

空旷的平地上有两个人在拉拉扯扯，不知道在吵什么。距离他们大概两百米远的位置，一个身影鬼鬼祟祟躲在草丛后面，探出半个脑袋张望着，还时不时用手挥走耳边嗡嗡的蚊虫。

路茶出来得急，怕跟不上宋之瑶，外套也没来得及拿，穿着印有小草莓的卡通睡衣就跑了出来，脚上还踩着毛绒拖鞋。此时站得稍微久了些，微凉的夏风一吹，不由得打了个冷战。她搓了搓被蚊子叮过的胳膊，有些后悔。

好奇心害死猫，以前玩游戏的时候遇到这类情节，她总是非要跟出来看看有没有什么有利于自己的事情，每一次都是被发现直接结束游戏。一点不长记性，脑子和腿从来不听自己的话。

这次的游戏没有存读档，她怕自己重蹈覆辙，特意离得远了些。听不到他们说话，只能看到他们似乎是在争吵。

不出意外，和宋之瑶争吵的对象是董子越。

"这样的渣男就不要喜欢了啊！浪费青春！"路茶义愤填膺，小声嘟囔着，愤愤拔掉旁边随风摇晃的狗尾巴草。又将狗尾巴草缠绕在手指上，揪成一段一段，仿佛这样就能够把渣男大卸八块。

前方两人持续拉扯，后面的路茶气得拔秃了身边的狗尾巴草。她专心致志于吃瓜拔草，完全没注意到身后轻微的脚步声。

正当她想要再次伸手的时候，草没碰到，先触到了一个温热的物体。她心情正烦躁着，没反应过来，还大着胆子摸了摸，描绘出了一个大致的轮廓。

好像是手？还挺大的……

路茶突然僵住。

手？谁的手？

她的后背陡然攀上一股凉意，动作暂停，身体僵直不敢乱动，颤抖着想要缩回自己不安分的手，装作什么都没发生过。

然而对方并不让她如意，察觉到她的意图后立刻握住她，还用了用力。

路茶的尖叫发出半声，剩下的半声被身后人紧紧捂在嘴里，只余

第九章 · 深夜福利

.211.

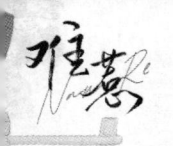

下小小的呜咽声。

声音太小，前方吵架的人并没有注意到。路茶怕被发现，不敢动作太大，只能任凭身后人将自己拉倒在怀里，胳膊箍住了腰，没法乱动。

她的心脏还在怦怦乱跳，恶狠狠朝着始作俑者瞪过去，却听到一声不甚在意的笑："谁让你鬼鬼祟祟偷听别人说话，自己做贼心虚也怪我？"

季辞眉眼含笑，在月光下格外令人心动。

路茶听见自己胸腔持续加速的心跳声，想怪他都怪不起来。

好吧，她在美色面前确实是没出息了些。

但论起来，季辞也没有错。他只是一个工具人，替系统背锅而已。说到底还是系统故意要整她，一个福利情节差点设置成了恐怖情节，一点都不浪漫。要是换成别的长得差一点的工具人，她怕是会被直接吓晕过去。

路茶垂着头没说话，眼尾泛红，一副被吓到的可怜样子。

季辞微微挑了下眉毛，将她揽得更近一些，手指蹭了蹭她的脸颊，轻声哄道："好了，我向你道歉，对不起，吓到你了。"

他难得用这么温柔的声线说话，路茶大脑空白了一瞬，心脏已经不受她控制，开始自己"蹦迪"了。她捂了捂胸口强装镇定，庆幸着夜黑光暗，季辞看不到她红得发烫的脸。

这个男人不按常理出牌啊！撩起人来真的是难以抵挡。

路茶不想被牵着鼻子走，决定反攻回去，双手搂住他的脖子凑近了些，故意问道："那你要怎么补偿我呀？"

"嗯？"季辞捏了捏她的脸，"学会得寸进尺了？"

路茶扭过头，避开他的"攻击"，轻哼一声："你自己道歉的，一点诚意都没有。"

季辞向来对她的撒娇束手无策，正打算再哄几句，目光落在她红得滴血的耳朵上，鬼使神差地伸手摸了下。

他第一次碰女生的耳垂，没想到会是这样的触感。烫得像烙铁一样，却别样柔软，让人控制不住想要再次触碰。

在季辞再次伸出手的时候，路茶彻底惊到了，条件反射后缩，捂着自己的耳朵，慌里慌张斥责："你干吗？"

没控制住音量，她被季辞拽回去按在怀里，轻声警告："小点声，被发现我可不负责！"

路茶听着乱掉节拍的心跳声，完全分不出到底是她的还是季辞的。脑袋里全都是他刚才摸她耳朵的动作，各个器官仿佛变成了土拨鼠在乱叫。

说话归说话，动什么手啊！还摸耳朵！耳朵是随便可以摸的吗？这就是福利情节吗？尺度是不是有些大？

系统提示："这还大？"

路茶缓缓打出一个问号，你还质疑上了？

系统回复："其他游戏不用福利情节都已经发展迅速了。"

虽说是这样，但现在是她本人亲身感触，和用设备玩是不一样的啊！这个体感是不是过于真实了？而且你一个系统还做过市场调研吗？知道其他游戏进展快你为什么不改进一下？还在这里质疑玩家？不知道玩家至上这个道理吗？除了欺负玩家你还会做什么？

接受玩家的建议。

第九章·深夜福利

路茶蒙了。

她说什么了？什么建议？要怎么改进？她怎么有种不太好的预感啊！

从对话中抽离出来，她对上季辞逐渐幽深的眼神，有点怂了。平时脑内放飞自我算了，在这样的环境里，真刀真枪她实在是没有那个胆量啊！

在季辞开口前，路茶急忙转移话题："那个……他们走了吗？"

季辞偏头看了一眼，轻轻"嗯"了声。

原本争吵的两个人已经不知道什么时候离开了，周围静谧非常，连之前一直嗡嗡不走的蚊虫也不见了。整座后山只有他们两个人。

路茶意识到这一点，偷偷咽了下口水。

哦，她竟然有点小小的期待。

希望系统加把力，她想要的不多，摸摸季辞的腹肌就可以啦！

她心中紧张，想得倒美，嘴角无意上扬，被季辞注意到，加上愈发红润的脸颊，一看就是没想好事。

季辞又气又无奈，想起她刚才被摸下耳朵就敏感得不行，现在还在这里想些乱七八糟的东西，恨铁不成钢地敲了敲她的额头："你该不会是在想什么不正经的事情吧？"

路茶一噎，下意识直起身子反驳他："我是那样的人吗？"

季辞盯着她因为着急而泛起红晕的脸颊，面不改色地说："是。"

胡说八道，她分明是善于欣赏！

路茶骄傲地仰起头，又低下头，重重打了一个喷嚏。

瞥见季辞皱眉的神情，她以为他是在嫌弃自己，于是先发制人指责道："你是不是偷偷骂我来着？"

季辞无奈地说："打一个喷嚏是想你，打两个喷嚏才是有人骂你。"

路茶抓住他话里的漏洞，得意扬扬地堵住他的话："所以你是在想我咯！"

强词夺理。

季辞无奈，朝着路茶伸出手。

在路茶以为他是又要捏脸弹脑瓜的时候，整个人一轻，被拥入了温暖的怀抱。她猝不及防，只得下意识拽住他的衣角。头撞进他的胸膛，路茶终于清晰分辨出了他的心跳声。

和她的一样，快到没有节奏。

什么嘛，果然还是个傲娇。

路茶状若无意地挪动手，抬头转移他的视线打趣道："季辞，你心跳好快啊！"

季辞垂眸，将她的小动作尽收眼底。他不动声色，淡淡地问："所以你打算什么时候给我一个名分？"

路茶偷摸腹肌的动作停住。

怎么就聊到这里了？你一个总裁为什么不矜持一点啊！说出这种话她要怎么接？一点不给彼此留颜面啊！

路茶手忙脚乱想要打开选择按钮，忽然想起之前的倒霉选项无法关掉还容易手滑，她默默关掉了系统面板，决定靠自己。

她不说话，季辞也不催促，像是铁了心非要等到她一个答案。

第九章·深夜福利

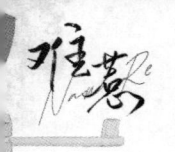

周围的安静让路茶越发心虚,她不知道该怎么回答季辞这个问题。她不是真正的唐沅,游戏结束后是要回家的,没办法给他一个承诺。

不然蒙混过关?

这个想法一出来,系统立刻否定了她:"建议玩家此处不要对角色说谎。此问题十分关键,可能会影响后面情节发展。"

路茶如同霜打的茄子,无计可施了。

半响,她终于开口:"季辞。"

"嗯?"

"你有没有想过,或许你现在了解的我并不是真正的我呢?"

对上季辞深邃的眼神,路茶也觉得自己这话太过于突兀,连忙解释:"人都有很多个面孔嘛,说不定面对你的时候我是故意装出来的样子,为了博取你的欢心呢?万一之后你发现我并没有你想象的那么好怎么办?"

季辞眼睛弯了下,握住了她放在腹肌上没来得及收回的手,问道:"你怎么知道我所了解的,不是那个真正的你呢?"

他话里的含义颇深,路茶不敢随意揣测。她怕不是自己想的那个意思,真的陷进季辞深情的双眸里就出不来了。可是不知道为什么,她觉得季辞现在看着的人似乎不是唐沅,而是她。

这样的错觉让她觉得自己有些荒唐。

她始终是要回到现实世界的,她可以喜欢一个游戏人物,但这种喜欢和那种喜欢是不一样的。

路茶抽回自己的手,转身站了起来,脱离了季辞怀抱的她被凉风吹得打了个冷战,话都说不利索了:"那、那个,你要是能够说服你家里和我家里接受,我没有任何意见啊!要是能够在唐恋结婚前解决,说不定还能一起举行婚礼。"

反正最后和季辞在一起的人不会是她,到结局以后不过就是一次又一次的重复故事。没有以后,她也不会觉得难过。

系统:"请玩家保持愉悦心情,不要过度沉迷。"

路茶:"我才没有沉迷!"

系统:"请玩家不要伤心,游戏可以多次重刷,每次都可以有新感受。"

她才不要重刷!这破游戏怎么可能会重刷!不就是一个季辞嘛,国内外那么多的乙女游戏角色,还怕填补不了他的空缺吗?反正他们这种角色喜欢的都是游戏里的玩家角色,并不是玩家本身,该入戏入戏,该出戏出戏,她可是个好演员,一点没有留恋的。

系统:"请玩家……"

路茶:"你闭嘴啊!"

一个系统这么吵,乌鸦转世吗?她现在非常冷静,一点没有心情不好,她才不会因为一个游戏角色而放弃整片森林呢!

这大概是系统第一次不敢惹她,默默收起了发着荧光的面板,她的内心世界回归黑暗。

没有人能够进来,她也无法出去。

像独自在黑夜中盛开的昙花,天长日久,等待她的只有离别。

第十章

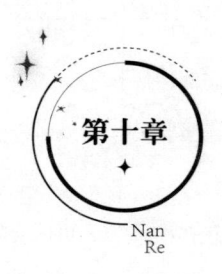

Nan Re

唐沅本沅

她感觉自己分裂出两个自己,一个承受着这里所有的一切情绪,想要痛哭着解释,可她连自己做了什么都不清楚;另一个冷眼旁观着一切,内心非常平静,甚至看多了这种场景,觉得有些无聊。

第二天一早，路茶和唐恋、江知禹启程离开了别墅。

江知禹开车很稳，一路上连个小颠簸都没有，路茶不知不觉睡了过去，连手机振动都没听到。

一直到下了车，她的脑子还有点晕乎乎的。

唐恋脚步快，领先路茶几步准备开门，手握上门把手后，动作却忽然停住，转过头，说道："我听说霍作今天在路达广场有活动，我们去看看吧！"说着，唐恋从台阶上小跑下来，挽住路茶的胳膊，要拉着路茶出门。

路茶莫名其妙，略有嫌弃地抽出胳膊，越过她上了台阶敲门，拒绝了她的提议。

唐恋想拦住路茶，但夏夏已经把门打开了。

唐恋紧随路茶进门，看了眼拿拖鞋的夏夏，没好气地低声斥责："平时开门跟拉磨一样！今天怎么这么快！"

夏夏恭敬的笑容挂在脸上，微微有些僵硬，眼中含着些许委屈。

唐恋看见夏夏仿佛看见以前的唐沅，更加生气了，踩着拖鞋急匆匆进屋，跟上路茶。

路茶本打算直接上楼的，却发现今早的唐家人格外齐，本该去公司的唐父还稳坐在沙发上，面沉如水。唐母坐在他身边，似乎劝着什么，余光瞥见她进来，冷淡地移开了眼神。

路茶打招呼的手僵在半空，心里有些奇怪。

没来得及思索，手掌被拍了一下，唐珩温柔地笑着出现在路茶面前，挡住了唐父唐母。

路茶的心稍稍安定下来，笑着跟唐珩打招呼："哥哥，早上好呀！"

唐珩笑容不变，握住了她的肩膀，力气有些大。

路茶微愣，抬眼瞧见了唐珩眼里的紧张。

"阿沅！"他低头压低嗓音，"不是让你别回来吗？"

身后唐恋一个滑步，小声跟唐珩解释："对不起啊哥哥，我拦她来着，没拦住。"

路茶一头雾水，但感受到家里的压抑氛围，直觉有事要发生。

她试图戳系统询问一下接下来的情节，但不管她怎么叫，叫什么名称，用什么样的语气，怎么去哄怎么威胁，系统都毫无反应，仿佛从未存在过。

要不是系统面板运行照常，各个设置可以正常点开，她真的要以为自己被彻底困在游戏世界里了。

头一次遇到这种状况，路茶心里着实不太平静。她只能让自己尽量看上去波澜不惊，见机行事。

唐珩没来得及跟路茶透露什么，唐母已经开口了："行了，你们三个不要聚在一起。弄得紧张兮兮的，还以为我们要审讯阿沅呢！"

她语气虽轻，却不容置喙。唐珩和唐恋只好到椅子上坐好，各自给路茶留下一个自求多福的眼神。

路茶很少见唐母这么严肃，更别说一旁的唐父了。

路茶战战兢兢地坐在夏夏搬来的椅子上，面对着四人坐着，气氛低沉，眼神互相不敢对视。路茶试图从唐珩那里得到些讯息，但仍旧什么都读不懂。

僵持了好一阵儿，还是唐珩坐不住了："阿沅，哥哥问你几个问题，你如实回答就好，不用紧张。"

他虽然这样说着，但路茶感觉他比自己还紧张，自己并没有被他的话安慰到，反而更加紧张了。

好在问题并没有什么特别的，只是问她最近一些日子的行程。

路茶特意避开了和季辞见面的时候，挑挑拣拣回答了一下。

前面都还好，一直到最后一个问题。

路茶记得那天自己在家里没出去，保姆和夏夏都可以做证，但唐母却摇了摇头："那天阿姨请假了……"

阿姨不在，便只剩下夏夏一个人证。

所有人的目光都放在夏夏身上，夏夏紧张地攥紧围裙，低下头，声音又轻又小。

路茶平时没发现她胆子这么小，估计也是被唐父吓的，于是安抚夏夏："夏夏，没事，你大胆地说，说实话就行。"

路茶的话反而打开了夏夏的某个开关，夏夏突然开始极速颤抖起来，带了哭腔，声音怯懦："大小姐，对不起！当着先生夫人的面我不能说谎！我那天没有见到您！我不知道您有没有出门！您、您别打我！"

路茶蒙了。

这是自己认识的那个夏夏吗？编瞎话眼睛一下都不眨，生怕错过他们的反应是不是？再说自己什么时候打过她啊！

第十章·唐沅本沅

.221.

唐母没想到还有意外收获，强压着火气质问路茶："你还打过夏夏？她是保姆！不是你的出气筒！"

夏夏哭着帮路茶说话："夫人，不是这样的！您别怪大小姐！是我自己做错了事情，该罚！"

这一句话仿佛火上浇油，唐母更加不能容忍，痛心疾首地骂路茶："我本来以为你真的学好了，没想到你竟然干出了这么多过分的事情！当初就应该直接把你赶出唐家！现在就不会这么丢人了！"

"妈！"唐珩忍无可忍，猛地站起来，"阿沅是您从小看着长大的，您怎么能相信外人不相信她？"

"我相信她？阿珩，你在国外待得久你不知道，你问问小恋她以前都做了什么！"

唐恋没说话。

路茶从不指望唐恋会帮自己。路茶不清楚唐沅曾经做过些什么过分的事情，让除路茶以外的所有人，都不会忘记。

伤害已经形成了，伤疤永远不会消失，一直在那里发疼发痒，提醒着曾经发生过的事情。

没了系统的唠叨，路茶在这时忽然产生了一种错觉——她就是唐沅本沅。

愤怒、委屈、疑惑、震惊铺天盖地袭来，所有的情绪都是真实的，并不是程序的设定。

她感觉自己分裂出两个自己，一个承受着这所有的一切情绪，想要痛哭着解释，可她连自己做了什么都不清楚；另一个冷眼旁观着一切，内心非常平静，甚至看多了这种场景，觉得有些无聊。

她知道自己应该是前一个的反应，却还是选择了后一个。

既然系统不在，那她也不用循规蹈矩地按着设定走了。

眼前的这些人所做出来的反应都是写好的程序，他们最讨厌的就是唐沉那副惺惺作态的样子，如果她仍旧走人设，除了哭闹被厌恶，没有其他的用处。不如镇定一点，省得被人小看。

路茶站起身，扯了扯唐珩的衣服，示意他自己没事。

在唐珩担心的眼神下，她挤出了一点称不上好看的笑容，顶着通红的双眼问唐母："妈妈，我承认我以前的确不可原谅。可我最近真的在改好，您就算要批判我，也要告诉我罪名是什么吧？"

唐父不知道从哪里抽出了一个信封朝她丢了过去。哪怕唐珩眼疾手快将她拉开，路茶仍旧被里面掉落的东西砸到。

唐父怒斥："看看你自己做的好事！"

唐珩并不想让路茶看到信里的东西，但路茶先一步捡了起来，是一张张照片，有很多需要打上马赛克。

路茶面色平静地看完，抿了抿唇："这上面的人也不是季辞啊！"

无视众人怪异的脸色，路茶认为自己的判断毫无问题，继续说道："很明显嘛！这人的年纪很大了，没有季辞长得好看，身材也没有季辞好，都是赘肉，一点肌肉都没有，肥头大耳的……"

她才没有那么饥不择食！

唐父没想到她和季辞已经到了这种地步，气得血压飙升，直拍大腿："谁跟你说是季辞了？你还和他做过那样的事儿？家门不幸啊！家门不幸！"

路茶心说：我倒是想啊，但季辞是正人君子，除了手上占便宜，

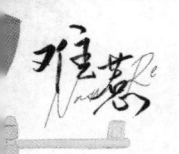

也没欺负过我。

唐父快被她这种不以为意的态度气死了,拍得沙发扶手直响:"我没跟你在这儿分析是谁的车!我是在问你上面的女的是不是你!"

路茶觉得好笑:"照片上的人都没拍到脸,怎么就能说是我呢。"

唐母沉声:"后背的胎记,是你的。"

路茶闻言重新查看照片,在唐珩的指引下,她找到了那几张需要打马赛克的照片上,女生"无意"露出的一块心形胎记,在左肩,蝴蝶骨下三分之一的地方。

但关键她自己都不知道自己有胎记啊!系统留着这种小秘密给谁钻漏洞呢?

路茶自然知道照片上的人不是自己,但唐父唐母不相信,更加不会听她的辩解。不论她怎么解释,都毫不留情直接给她定了罪,觉得她不知廉耻,丢唐家的脸。

唐父唐母虽然对唐沉恨铁不成钢,却也是把她当作亲女儿疼过的。尤其最近这段时间,路茶让唐沉这个角色安分许多,不再惹是生非,若非这次有人把照片直接寄到了家里,他们也不会发这么大的火。

思来想去后,唐母说:"这是为了你的声誉着想,你不要怪我们对你严厉。这段时间你就在家闭门思过一个月,好好反省,之后我会给你找一个还不错的人家嫁了的。"

之前还是找个好人家,现在就是还不错的人家,分明是觉得她"不值钱"了。

路茶走过了这么多游戏套路,如今已经非常平静,内心不再有波澜。直到她看到唐父唐母的好感度清零,自己的能力值减了一半,戏份值却增加了20，一时间不知道该笑还是该哭。

幸好这种时候系统没有跳出来提醒，不然她真没办法镇定对待，早就要抄起家伙跟系统打起来了。清零减半这种事情你都做得出来！真的是太丧心病狂了！

路茶愤愤骂完，唐父唐母的好感度变成了-50。

系统虽然不说话了，运转依旧正常。

很好。

她闭麦。

路茶就这样被关了两天，没有手机能够联系到外界，每顿饭都是由阿姨端上来把门打开再锁上，交谈绝对不会超过两句话，生怕她会趁机跑出去。她每天能做的事情就是以各种姿势躺在床上，所有对系统的问候都石沉大海。

当她以为自己会一直被这样关下去的时候，突然"啪嗒"一声，石子打到窗户落在地上。

路茶站起来，盯着窗外，小心地挪步过去，打开了锁着的阳台门。

她房间的阳台正对着花园，此时院内空无一人，连辆车子都没有。

估计这个时间家里应该没有其他人在。

路茶弯腰捡起了地上莫名出现的小石子，一看就是从花园的石子路上现抠的。

多少有点过分了，也不嫌手疼。

路茶拿着石子直起腰，打算再向外望一望，可还没完全抬起头，一个石子朝她袭来，正中她的脑门。

路茶疼得摸了摸自己的脑袋。

她想都没想把两颗石子一齐朝楼下丢去。

季辞对路茶发现自己很意外,灵活躲开攻击,双手插在裤兜里仰头问:"你怎么知道是我?"

废话!登高望远,楼下看不到的视觉盲角,在她的位置可以看得一清二楚。唐家院子里是没有车了,可隔壁家门口停了辆黑色的迈巴赫,分明就是他的车!

路茶估计他看不到,翻了个白眼,娇声娇气故意说:"这大概是心有灵犀吧!"

其实是唐珩偷偷跟她说过季辞这几天会来唐家找她,也是想谈谈两家之间的事情。这本来也是那天她和季辞的计划,只是没料到会出现这档子糟心事。

不知道唐珩告诉季辞多少,季辞又信了多少。但他既然来了,就还是站在她这边的吧?至少比系统靠谱。

路茶几日来漂浮不定的心,在这一刻忽然沉了下去,逐渐安定下来。

季辞真的有种神奇的魔力,一见到他,任何事情都会迎刃而解。

这大概是隐藏人物的能力吧,比她的上帝视角有用多了。

季辞当然不会信她的那些俏皮话。他扯唇笑了笑,微微颔首:"我的小茱丽叶,听说你这几天过得不太好?"

"是呀,想你想得吃不下睡不着的。"路茶不拆他的梗,顺着说下去。

别说,他们两个还真有点罗密欧与茱丽叶的感觉。这一幕也无比相似。

"是吗？我听说你中午刚吃完比脸还大的两碗韩式拌饭。"

路茶不用想都知道是唐珩说的。

这个骗子！唐珩分明还说她最近瘦了，应该多吃一些的！

果然妹妹是捡来的，兄弟是亲生的。

打趣到此为止，路茶怕唐父唐母回来，半个身子探出阳台冲着季辞招招手："你来做什么呀？"

据唐恋的情报，唐父唐母并没有消气，这时候来除了讨打没别的好处。

季辞盯着她危险的动作皱了皱眉："你老实点，身子缩回去！"

路茶身子一晃，重力不稳，差点栽下去。她自己也害怕，听话地蹲在阳台上，从栏杆缝隙中看他，像极了被关起来的小兔子，耳朵还是耷拉下来的。

唐沅的样貌得天独厚，不做讨人嫌的事怎么都会让人怜爱。路茶看着季辞紧张的神情，心里有些吃味。

如果是她本人的话，他一定不会动心的。

路茶往栏杆后面缩了缩，挡住了脸。

季辞不知道路茶心中所想，回答："来接你。"

路茶一愣，噌地站了起来，满脸惊讶："接我？"

季辞含笑："嗯，接你私奔。"

私奔？不至于吧！又不是真的罗密欧与茱丽叶，她该不会还要假死一次吧？这游戏竟然是个悲剧结尾吗？

路茶完全没意料到这种剧情，有些反应不过来。

第十章·唐沅本沅

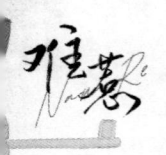

"我和你哥商量过了,你不能总是被困在家里,在没有找到是谁陷害你之前,你在我身边是最安全的,"季辞耐心地解释,"你要是不愿意的话,我也可以给你另找住所,绝对不会让其他人发现你的行踪。至于照片的事,交给我就好。"

路茶揉了揉头发,有些为难。

不能否认季辞的发言很有霸道总裁的范儿,可这剧情走向怎么阴谋论起来了呢?不是没有悬疑之类的情节吗?不都是甜、甜、甜吗?这怎么复杂起来了,仿佛下一刻她就会被灭口一样?

而且她已经知道是谁干的了,只是有些想不通……算了,管他呢!有能够跟攻略对象朝夕相处的机会,不要白不要!

路茶拎起睡裙的裙摆,扒着阳台栏杆就要上,吓得季辞赶紧拦住她:"你干吗?"

"跳下去啊!我房间门被锁住了,没有别的办法出去。"

季辞知道她莽撞,但没想到她能虎成这样!

楼是随便能跳的吗?

他无奈地说:"你冷静点!我知道你着急想和我在一起,但危险的事情不要做。唐珩已经去拿钥匙了,你到门口等着,我们去接你。"

哦,这样啊。

路茶收回了搭上阳台的腿。

早说嘛。

整得跟逃难一样。

这么多的元素,谁能分辨出这是个乙女恋爱游戏呢!

路茶回到了屋子里，等待季辞和唐珩。谁知她屁股刚沾到床，门口便传来了声响，听到了钥匙插进锁芯转动的声音。

她立刻弹了起来，来到门口，准备迎接他们，没想到来的人却是夏夏。

路茶有些奇怪地问："夏夏，你怎么来了？"

夏夏没有立即回答她，反手关上了门才说："用着别人的身体，拿着别人的身份，你用得开心吗？"

面对夏夏突如其来的质问，路茶有些错愕。

想到了什么，路茶没有立即接夏夏的话，而是谨慎地盯着她，判断着她的目的和来历。

系统不可能会设置暴露玩家身份的情节，不是游戏出现什么巨大漏洞，就是这个"夏夏"身份特殊。

路茶调出了人物详情，没有找到任何关于夏夏的资料，于是又打开之前的任务记录，发现除了一开始的宴会，之后再也没有出现过夏夏的名字。

或许她是个不重要的NPC，与主线剧情并无关联，只是用来丰富人员的。但现在的问题是她严重干扰了剧情，不仅这次的事情是她做的，而且之前也插进剧情好多次。

为什么系统没有发现？系统怎么到现在还没有任何反应？这时候还不出来，真有漏洞了吗？

"你是不是在想，为什么系统不管你了？"没等路茶问，夏夏直截了当地说了出来，"我可是好不容易才等到系统检修的机会来找你摊牌的。"

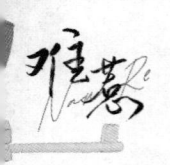

路茶猛然抬起头。

怪不得这段时间系统一直没有反应。但什么时候能够修好？路茶不想因为这点破事结束游戏回不去家，身为系统可不可以靠谱一些？

路茶没有外援，只能设法先稳住夏夏，询问夏夏的身份，想办法求一个共存。

她本以为夏夏是和她一样被系统卡漏洞卡进来的，却没想到夏夏直接发飙了："你占着我的身体！用着我的身份！夺走了属于我的一切！你还好意思问我是谁？"夏夏气得喘不上气，"你怎么可以这么过分！"

她的声音尖锐不稳定，路茶仔细辨认，想了一会儿才反应过来——她竟然是唐沅！

路茶又好气又好笑，用舌尖顶了顶左腮，连日以来的情绪在这一刻终于有了宣泄的出口。

她累死累活担惊受怕这么久，原主就在身边看着她跟小丑一样忙前忙后，一点帮忙的意思都没有！现在还来质问她为什么夺走了原主的身体？

路茶平生第一次这么生气，挥手直接打断了夏夏的话，咬牙切齿地反问："你以为我想来这里，想用你的身份吗？有这些时间我在家里打几局游戏、躺床上边吃零食边刷番剧不好吗？要不是你女三号失格，我怎么可能会被卡进漏洞里出不去啊！"

路茶忍了太久太久，好不容易有个知道她身份的人出现，一口气抱怨个没完。

夏夏本来是想来要回自己身份的，没想到对方怨气比自己还大，完全插不上话，几次张着嘴都被路茶堵了回来。

说到后来，路茶索性上了手，揪住夏夏的衣服不让走，说什么都要让夏夏想办法解决问题。

夏夏以前好歹是个大小姐，整日养尊处优，哪遇到过这场面，被横冲直撞不管不顾的路茶吓得不轻，只顾着挣扎，忘记了原本要说的话。

两人撕扯之际，门外传来了动静。路茶和夏夏同时停下了动作，对视了一眼。

路茶知道是季辞和唐珩，夏夏也终于想起了自己要做的事情。

夏夏要让路茶暴露身份，被他们发现，这样路茶一定会被赶出去，而她就可以把一切都推在路茶身上，以唐珩对她的疼爱，一定会想办法让她留下来的。

于是，她扯着嗓子喊起来："你放开我！谁带你来的你去找谁！我什么都不知道！我也是受害者！"

她的声音矫揉造作，表情夸张，路茶仿佛看到她抖掉一地的鹅毛。

路茶原以为夏夏是个聪明人，能够知道让自己回到现实世界的方法，现在看来，怪不得她被傅嘉莉利用，根本就是个想法简单不考虑后果的傻子！

路茶气得脑袋都快炸了。

她不能让自己的身份暴露，也不能让夏夏得逞，那样她会回不去家的。情急之下，只能牺牲掉原主了。

路茶拉着夏夏的领子低声说："给我一点时间，很快就把一切都还给你！"

夏夏想要说什么，门已经被打开。

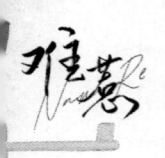

路茶迅速瞥了眼门口的人，对夏夏说了一声："对不起。"继而猛地推开了夏夏。

夏夏被她推得连连后退几步，两手空空站在原地，一脸茫然。而路茶借着力道向后一倒，"咚"的一声，撞到了床头柜上。

脑袋里一阵嗡嗡声，好似捅了马蜂窝。

果然这种手段不是谁都能学得了的。她也不知道后面还有个柜子啊！还以为就是铺着地毯的地面呢！心想着摔下去也不疼，现在可倒好，直接开瓢，送自己上路。

但女人不狠，地位不稳。

季辞和唐珩只看到路茶摔倒撞上柜子，急忙跑到了路茶身边。

路茶适时地挤出一点虚弱的微笑，安慰他们两个："我没事。"

她的逞强让唐珩更加心疼了，季辞则紧紧拧着眉毛，不悦地盯着她。

路茶心虚别开眼，伸手摸了摸后脑勺，濡湿一片。

她有些奇怪，怎么还有水啊？再一看手心，鲜红的血液和白嫩的皮肤形成鲜明对比。

就算是一向镇定的季辞也有些慌张，一把握住了她的手腕，张了张口，却叫不出她的名字。

路茶自己也愣了。

怪不得这么疼，原来流血了，颜色还挺真实的，就是这个量有点多……

她还没来得及吐槽完，两眼忽然一黑，倒在了季辞的怀里。

失去意识前一秒，路茶听见熟悉冰冷的系统提示音——

恭喜玩家戏份 +100，能力 +50，成功晋级女主角！游戏通关！

蒙眬模糊间，路茶好像听到有人在叫她的名字，一声接着一声，不是角色名字，是她自己的名字——路茶。

她回家了吗？

原来撞一下就能回去吗？看来系统果然是骗子！什么游戏内死亡即现实世界内死亡，都是假的！就是想骗她玩下去。现在她撞得那么严重，在游戏里肯定是死了，所以回到了现实世界，才会听到属于她自己的名字。

路茶挣扎着睁开眼睛。

入目是一片白色，目光所及之处也大多是白色。

她动了动僵硬的手，看到了手背上扎着的输液管，顺着往上是挂起来的药液瓶。

她在医院吗？

因为玩游戏进医院，她也是第一个吧？新闻头条她都帮忙想好了，就写"花季少女因何晕倒入院，是沉迷游戏，还是过度熬夜？"

"叮——"的一声，系统声音再度响起："恭喜玩家成功晋级女主角，通关游戏，接下来请完成终极任务，即可回到现实世界！"

刚刚要撑着胳膊从床上坐起来的路茶"哐当"一声重新跌了下去。

她听错了对不对？那是幻听对不对？她不是已经回到现实世界了吗？为什么还能听见那该死的系统的声音？它不是去升级了吗？

系统："请玩家保持心情愉悦哦！"

路茶："愉悦你……"

第十章 · 唐沅本沅

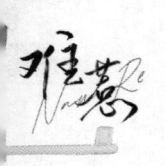

系统:"违禁词汇已消音。"

路茶气结。

最后是后脑的疼痛让路茶清醒了过来。

还不如让她那么晕着呢!

路茶抹了抹干涩哭不出来的眼睛,万分绝望地问:"我不是已经通关了吗?不是成为女主就可以了吗?你自己说通关就可以回去的!现在又从哪里搞出来一个乱七八糟的终极任务啊!我被真正的唐沉迫害的时候你在哪里啊?"

系统重复提示:"请玩家保持心情愉悦!"

路茶默默把手伸向旁边床头桌上的水果刀……

系统立刻改口:"请玩家见谅呢!本游戏秉持着有始有终的原则,一旦开始一定要到结局才能结束呢。玩家也不想玩到一半卡住对不对?那样子您回去也睡不好觉的呢!"

这系统升级后,口音越发甜美,就是话听着气人。

任务再任务,任务再任务,说好的通关一个接一个,这不是在套娃吗?欺负她出不去是不是?是不是怕她出去给差评?

逃不掉的!我跟你讲!

路茶气得脑袋生疼。

她知道理论没有用,直接问系统:"终极任务是什么?"

终极任务,请玩家任选一条攻略人物线路的结局。

系统提示完,路茶的眼前出现了几个可攻略人物的图片,分别是"江知禹""霍作""唐珩",以及两个她压根儿没听过的名字。

路茶问道:"季辞呢?"

系统:"隐藏人物不属于可攻略范围内……"

路茶想都没想抄起旁边的果盘朝着系统面板砸过去。系统面板及时消失,果盘"哐当"砸在了对面的墙上,应声落地。

声音过大引起了门外人的注意,季辞和唐珩推门进来,一左一右来到路茶的病床边。

唐珩生怕她磕到碰到,连忙问:"怎么了?怎么了?"

路茶直勾勾看着对面墙上磕出来的印子,想也不想就回答:"我想回家。"

看着是自暴自弃,不如说她是无所畏惧。反正事已至此,回不去她也是个死。这破系统就没想让她好过!

唐珩听不懂她的潜台词,以为她是不想在医院待着,舒了口气,拿过一旁的椅子坐下,安慰道:"医生说你没什么事,过几天就可以出院了。"

季辞没说话,在床边僵直站着,唐珩说完他才坐下,然后默默握住了路茶的手。

路茶瞧见他,想起系统的话脑袋更疼了,飞快收回手,拎起被子蒙在脑袋上把自己藏起来。

唐珩以为她在闹脾气,笑了笑说:"好啦,事情已经解决了,家里没人会再欺负你了。"

路茶在意的当然不是这个。她只是觉得自己之前的努力都白费了,系统就是在钻空子,故意不让她回家。凭什么季辞不能够攻略啊!之前好感度加成的时候你不说,现在扯这些!她也不能去读档重来啊!

在被子里闷了一会儿,路茶看见被子边缘被掀开了一点,修长的

手伸进来，摸索着握住了她的手。

季辞的声音沉稳而坚定："很快就会回家的。"

不知道为什么，唐珩回应这个问题时是在说出院，但季辞的回答却让路茶感受到他有更深层次的含义。

系统在这时候重新跳出来，语气万分温柔："尊敬的玩家，请您保持心情的愉悦！小逆话还没说完呢。隐藏人物不具有攻略条件，但因为您的努力，季辞这个人物成功变成了男主，您可以选择他的结局线，并且是主线呢。"

路茶："下次这种事情早说！早说！"

系统也很委屈："是您不听完就发脾气的。"

路茶无语了。

行吧，她的错。

没想到系统这一次升级，服务态度好了很多啊！她总算是舒心了些。

路茶从被子里探出半个头来，扫了眼状态截然不同的两个人，惊奇地问季辞："你怎么了？黑眼圈好重啊！"

唐珩轻笑一声，打趣季辞："还能因为什么，他为你着急的！"

路茶眨了眨眼睛，眸里带了些笑意。

季辞横了好友一眼，将被子塞到路茶的脖子下面，露出她的全脸："别听他瞎说，我是因为工作。"

路茶意味深长地"哦"了一声。

季辞无奈。

闹归闹，路茶想起晕倒前的情形，怕夏夏乱说什么，急忙扯住季辞的衣袖，问道："夏夏呢？"

季辞脸色沉下去，没看她的眼睛："回她该去的地方了。"

路茶一脸茫然。

什么意思？

唐珩也没听懂，估计季辞是私下操作了什么，便说道："那天我们着急送你去医院，再找她的时候人已经不见了。"

路茶若有所思地点点头。

系统回来了，夏夏应该也不敢再做什么事情了。

接下来就是要按照剧情走季辞的结局路线了。想到这里，路茶看了眼一旁坐着的季辞。

他少见地没有揶揄她，也没有责备她，只握着她的手，垂眸不知道在想什么。

他总是这样，故作深沉，什么都猜不到。

他刚刚说她很快会回家，可是她真的回去了，他怎么办呢？若要是其他人也就算了，季辞这么难伺候的一个人，真正的唐沉怎么可能降得住？他这么聪明，一定很快会发现不对劲。

可是怎么办呢？

唐珩出去了，这里只有他们两个，路茶眼睛转了转，凑了过去："季辞。"

季辞抬眼看她，目露疑惑。

路茶笑了笑，嘴角边的酒窝明显："不然你跟我回家吧？"

季辞一愣，侧头不解地问："回家？跟你回家做什么？"

"嗯……做饭洗碗擦桌子扫地铺床……反正就是能干什么干什

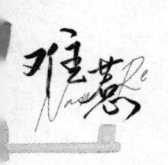

么啊!"

合着把他当保姆?季辞轻呵一声,握着她手的胳膊支在床上,靠近她,问道:"只是铺床?"

"不然呢?"路茶疑惑。

季辞微一挑眉,唇边带着一点坏笑。

路茶脑袋里灵光一闪,拿起身后的枕头拍在他脸上:"臭流氓!"

季辞一把接住,心情大好。

第十一章

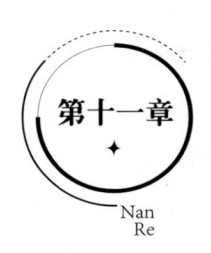

Nan
Re

你喜欢细一点还是粗一点

"终于要见面了。"

进入结局时期，少了很多糟心事，多了和季辞的亲密互动。也有情到浓时，可每一次，路茶以为两人要再进一步发展的时候，季辞都及时止住，撤了回去。

几次下来，路茶怀疑他不行。

唐恋不知道从哪里听说了这件事，笑得前俯后仰，拍得路茶肩膀差点脱臼。

幸灾乐祸收敛点，生怕别人不知道姐妹不和？

路茶气得抢走了唐恋手里的薯条。

唐恋笑够了，爬回来伸手够薯条塞进嘴里，把头倚在路茶的肩膀上："所以你们两个到现在只是牵手和拥抱，连亲亲都没有过？"

路茶不想继续谈下去："你快把嘴闭上吧！"

唐恋用乱糟糟的头发蹭了蹭路茶："别呀！"她想继续吃瓜，给路茶出谋划策，"不然你让他吃醋试试？或者穿得性感一点？"

"你以为我没用过？"

不仅用过，还用了其他很多方法，但就是毫无成果。

季辞跟柳下惠一样，路茶这么可爱的女孩子在眼前晃来晃去也坐怀不乱。

路茶甚至为这事问了系统，可系统也表示无可解。说隐藏人物不受控，要玩家自行解决，还提供了许多方法给她。总之就是没什么用。

这下连唐恋也没办法了。

电视里喜剧小品进行到高潮，男生不知道从哪里掏出了一束玫瑰，半跪到女生面前开始真情告白，周围人一通起哄，忽然灯光一闪，场景变换，少年变成了老年，只余下了男生一人。

唐恋忽然问："你是不是没有跟季辞告过白？"

路茶不解："为什么要我告白？"季辞还没说过喜欢她呢！

唐恋坐起来戳了戳她的脑袋，跟教育自己的娃一样，恨铁不成钢："你还不明白吗？季辞是在等着你先说啊！你之前不是一直不肯公开关系吗？他一定是心里有了阴影，觉得你不是那么喜欢他，才一直别别扭扭的！"

路茶无奈。

她没有不公开关系，那是剧情需要，是系统的锅。

再说了，她也跟季辞表示过解决了两家的问题就在一起啊！就联谊的那天晚上，她还说可以和唐恋同时结婚呢！

想起那天晚上的对话，路茶意识到什么。

不会吧？那次的影响留到现在吗？难不成季辞真的是在等她的告白？她不会要直接求婚才算完吧？

唐恋没有注意到路茶纠结的表情，还沉浸在小品的启示中："不然还能是因为什么？难道他觉得你是另一个人？"

路茶一愣。

是很离谱，但又是事实。

季辞他……应该只是在等着她表达心意吧？

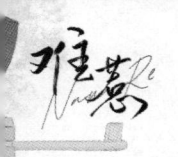

决定好后，路茶特意上网查了很多的攻略，做了许多的准备，只等着主人公有时间，给他一场盛大的、难以忘怀的告白盛宴。

然而。

季辞不知道是怎么回事，竟然开始忙起来了！三天两头见不到人，每次约他都有新的理由等着。

路茶一开始以为是季辞故意在躲她，但问过唐珩才知道季氏集团内部出了些问题，季辞是真的很忙，而且可能要提前回云城。

她向来看不懂这游戏剧情的发展。

季辞要是真的回了云城，他们两个的感情线怎么办？不是都到结局了吗？怎么还搞这些幺蛾子？怕她觉得无趣吗？

不会的，永远不会的。

她会永远记住这个破游戏的坑玩家之处，然后回去在论坛上写差评。

季辞再好，也抵不过游戏垃圾。

路茶和季辞的感情进入到阻塞期，唐恋和江知禹倒是顺利得很，已经定下了婚期，眼看着没剩几日，在开始挑选婚纱了。

江知禹的工作也很忙，陪着唐恋挑婚纱的任务便落在了最清闲的路茶头上。

唐恋还反过来劝路茶："没事，男人都是这样的，追到手了就开始说自己工作多么多么重要，那之前是失业了吗？都是借口！"

路茶觉得唐恋说得很对。

但路茶转念一想，季辞也没有什么错。

他是在为未来做准备，并不知道她会离开。

所有的迫切都堆积在她一个人这里，只有她知道时间所剩无几，离别迫在眉睫。

她走后，游戏大概也走到了结局，季辞作为游戏角色的使命也结束，再次开启游戏不过是重新再来一次。只是下一次，他遇到的唐沉不再是自己，不知道他是不是还会喜欢上"唐沉"。

她甚至有想过，如果她没有打开游戏，是不是就不会卷进漏洞，也不会喜欢上他？是不是他们能够在现实世界相遇，有一个美好的结局？

但这一切的如果都没有发生。

正在发生的只有眼前的事，是她被卷进游戏中度过了一段难以忘怀的时光，但她终究是要回到现实世界的。

江唐两家都是大户，嫁娶自然要大操大办。唐恋的婚纱是特意从国外找设计师设计的，全球独一无二。就算这样，也要设计出好几套来给她挑选。

唐恋起得晚，到婚纱店时是下午。一进门，两人便看到了坐在等候位上的江知禹，唐恋眼睛瞬间亮起来，一改之前没精打采的样子，冲上去给江知禹一个熊抱，小声撒着娇。

路茶抬头看了看店里的水晶灯，觉得挺亮。

方才还和路茶抱怨一路的唐恋变了个样子，搂着江知禹的手臂不放手，好像是牛皮糖转世。

路茶实在看不下去，呵呵两声，提醒她："你还记得在车上和我

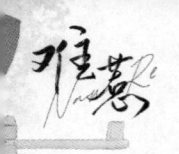

说什么来着？"

唐恋吐了吐舌头："哎呀，我记性不好，忘记了！你也不要提醒我！"

路茶无话可说。

江知禹表示好奇："说什么了？"

唐恋在路茶似笑非笑的目光中张牙舞爪："没什么没什么！说路边的狗长得真丑！"

原话是：男人都是狗，一个不例外！

现在看来，对唐恋来说，江知禹始终是例外。

每一套婚纱都很漂亮，但穿脱麻烦，耗时不短。江知禹和路茶等在外面，两人之间隔了好几个人的距离，看上去有些尴尬。

路茶觉得到这时候没必要在意以前的恩怨了，她只是单纯的无话和江知禹说。

但江知禹不是。

他盯着唐恋换衣服的门好一会儿不见动静，忽然问道："你和季辞有矛盾了吗？"

路茶一愣，反应过来他在和自己说话，摇了摇头："没有。

"小恋和你说什么了吗？"

肯定是那个大嘴巴造谣了什么！

江知禹侧目，笑了笑："不算是。你最近不是很开心的样子。"

"我以前看起来很开心？"

"至少和季辞在一起是。"

江知禹看着路茶茫然的眼神，解释说："你和他在一起的时候，我总觉得你是另一个人。"

路茶微怔。

当然了，她和季辞在一起的时候不需要保持人设，可不就像是另一个人。

那是她自己啊！

江知禹显然误会了，以为她没明白，多说了几句。

"我觉得应该和能让你做自己的人在一起才会开心，我跟小恋就是这样。像我们这样的家庭，很多事情不能自己做主，所以能够遇到一个让你开心做自己的人已经很不容易了。"

所以他才选择了唐恋。对于循规蹈矩的富家少爷来说，国外回来的唐恋确实更加有趣。

江知禹的话听起来像说教，实际是在提醒她："阿沅，你知道季辞要回到云城，时间不短，有没有想过以后怎么办？"

"怎么办？"

路茶不太明白，怎么谁都和她说这个事情？临近结局季辞还能找个情敌回来？她觉得系统干得出这种事。

可是那又怎么样呢？他总不能一夕之间好感度清零和别人结婚去吧？

"季辞不是一般人，就算他信守承诺，可他的家人未必会认可你。他现在有顾虑，回了云城后万一像我之前那样……"江知禹的话停顿下来，觉得有些不妥。

路茶暗暗握拳，唐恋绝对把她的事全都说出去了。

江知禹见她不说话，叹了口气："有些话不说出来是无效的。只

有当你面对你的内心的时候，它才有意义。"

还是告白那回事。可她已经准备了啊，季辞自己不珍惜机会怪谁？

她也想速战速决，系统就是拖着不放怎么办？打一顿吗？

系统提示音突然响起："请玩家友好游戏。"

路茶翻了个白眼："到底是谁不友好？"

她明白江知禹的意思。话没错，拿到现实世界也是一样有理，但现实世界并没有季辞。

路茶垂下眼睛，轻声问："知禹哥，小恋做什么事情你都能接受吗？"

江知禹歪头笑了下："出轨不行。她要是喜欢上别人了，我会很伤心。"

说得也是。

路茶理着沙发的绒毛，认真地说："那我告诉你一个秘密哦！"

"嗯？"

"唐恋其实不是人。"

江知禹一愣。

路茶继续说："她是珍珠蚌。"

江知禹更是一头雾水了。

路茶笑着说："她吐不出珍珠了，需要珍珠奶茶来补充。"

江知禹失笑："你从哪里听来的段子？"

路茶如实回答："视频软件上。"

江知禹无奈地笑了笑。

他这个邻家妹妹还没长大呢。

江知禹人好，听出了路茶一点都不明显的弦外之音，出去买奶茶了。

唐恋出来时发现他不在，眯着眼睛质问路茶："你做什么了？"

路茶问："喝奶茶吗？"

"喝！"

那就没问题了。

没有什么比奶茶更吸引人，如果有，那就是烧烤！

路茶还没有等到奶茶，她就被唐恋推进另一个试衣间试伴娘服了。

伴娘服没有婚纱那么烦琐，一个工作人员都没跟进来，衣服放在一边，她自己试。路茶简单看了眼，逃不过粉白紫三色。

她选择了一件淡紫色的抹胸裙，后腰有个小心机设计，是镂空的，用绑带系成一个蝴蝶结，勒得腰极细，好像一掐就能折断。

蝴蝶结还没绑，路茶照着镜子，觉得唐沉营养不良，不大健康。

就这身材，之前系统还不让她多吃！

裙子的拉链在侧腰，路茶吸了口气，轻松拉了上去。但绑带有些费劲，她试图反手到腰后系上，没缠几下倒是先把自己绕晕了。

没办法，只能求助外援。

她扒着门缝往外望了望，小声喊："外面有人吗？可以来帮个忙吗？"

没人回应。

看来是没人。

路茶叹了口气，回到镜子前自食其力。

没过多久，试衣间的门突然被敲了敲。

第十一章·你喜欢细一点还是粗一点

路茶没想到有人会听到她求助，双手还在背后系着带子，腾不开手，只好说："进来吧，门没锁。"

她胆子敢这么大是因为江知禹直接包了店一天，店里除了他们没有其他人，也不会有除工作人员以外的人进入试衣间。

但凡事总有意外，游戏不按常理出牌。

门把手被按压下去，她听到有些熟悉的脚步声，一转头，视线里出现了一杯热奶茶。

路茶睁大了眼睛，接过奶茶。

"你怎么总是神出鬼没的？"

"不然呢？你自己卸掉两条胳膊绑腰带？"

路茶气结。

这个嘴啊！一点长进都没有！别人家的总裁恋爱后好歹也是温柔体贴的代名词，她的这个怎么还是这个狗样子！

季辞扫了眼她裙子两旁垂下的缎带，弯腰拾起："转过去喝，我帮你。"

路茶听话地面向镜子，抽出吸管扎进杯子里，尽量挺直腰背让自己看起来优雅些。

季辞从后往前将缎带缠在她腰上，打结的时候手指蹭到了她露在外面的皮肤，路茶有些痒。

镜子中，季辞的侧脸认真，修长的手指不染一丝欲念。

路茶看得出神，有些好奇地问："你喜欢细一点的还是粗一点的？"

"什么？"

"腰。"

季辞抬起头,从镜子里看她绯红的脸颊,问道:"你是什么样的?"

路茶心说:你自己不会看啊?这时候你跟我讲非礼勿视?

但她还是回忆了一下,自己的腰不算粗,有点小赘肉,没有唐沉身材好。

她有点后悔问了。

因为不论季辞怎么说,都和唐沉有关。

季辞看到她垂下微颤的眼睫,贴上她的后背,轻声哄她:"你希望我喜欢哪一种?"

路茶腹诽道:就你机灵!还把问题抛回来了!

路茶无语,瞪了他一眼。

季辞笑了笑,亲了她额头一下:"还是有点肉比较好。"

路茶狐疑地盯着他:"真的?"

"嗯,"他说,"所以你要吃胖一点。"

这样看来,她还是符合他的标准的。

路茶满足了。

她就是这么好哄!

没开心几秒,路茶想起了江知禹的话,飘起来的心又沉了下去。

真的要说吗?可是说了又会有什么结果呢?不过还是为他人做嫁衣,季辞最后娶的还是唐沉,和她没有一点关系。

路茶不得不承认,她确实有些酸。

季辞和其他人不一样。

从相遇开始,季辞所认识的那个唐沉便是她。

他们两个的相处过程中,她也是真实的,没有按照唐沉的人设去

第十一章·你喜欢细一点还是粗一点

走。她虽然不知道季辞对唐沉的外貌有多喜欢，但多少还是有那么一点喜欢她的内心的吧。

如果是这样，是不是也说明季辞喜欢的是她呢？

江知禹说得对，有些话不说出来是无效的。

她想让他知道自己的心意。

作为路茶自己的，对他的心意。

季辞绑完腰带，对自己的杰作很满意，抬起头想让路茶看一眼，却发现她还是闷闷不乐。

他不动声色皱了下眉，摸了摸她的头，问道："怎么了？"

路茶抿了抿唇："你把眼睛闭上。"

"做什么？"

"闭上就是了！"

话那么多！她还能把他卖了吗？一点信任都没有，好奇心倒是挺强。以后可不能和他玩悬疑游戏。

面对路茶威胁的眼神，季辞无奈，只好顺从地闭上了眼睛，但为了安心，牵住了她的手。

路茶感受到他掌心的温度，紧张的情绪逐渐缓和下来。

闭上眼睛，季辞面对的不再是依靠外表的唐沉，而是内心的那个她。这是路茶唯一能够说服自己的办法，虽然看起来确实有些傻。

突如其来的告白有些仓促。路茶深呼吸了几口气，组织语言，决定单刀直入。没有什么比简单的一句话更能打动人。

她鼓起勇气说道："季辞，我喜欢你！"

季辞没有说话。

他的反应出乎路茶的意料，她有些蒙。该不会季辞根本不喜欢自己，也不喜欢唐沉，所以装作没听到吧？

可是也不会一点反应都没有啊！

难道是声音太小了？

路茶清了清嗓子，扬高声音重复了一遍。她把每一个字都咬得很重，只要季辞不是聋子就一定会听到。然而他还是毫无反应。

路茶察觉到不对劲了。

怎么回事？她好像是，不能动了。

季辞不知道路茶的状况，等久了没听到声音，握了握她的手，睁开了眼睛："你做什么了？"

路茶能看到他的动作，但是却感受不到了。

她有些慌张，想要回握住他的手，着急地和他对话，但是她动不了了。像最初听到系统提示她进入游戏那样，她像是被套进了一个坚硬的壳子里，无论如何都动不了，也发不出声音了。

意识到这是怎么回事，路茶更加焦急，然而没有给她任何反应的时间，周围的画面开始破碎，像掉落的拼图一样一点一点消失在黑暗中。直到眼前完全变成黑暗，没有任何荧光面板出现，再也听不到任何声音……

不知道过了多久，"哐当"一声响，游戏手柄从手中掉落，仰躺在椅子上的身影突然有了反应。

路茶猛地直起身子，大口喘着气，摘下了戴着的 VR 眼镜。

她用力捶了捶发疼的侧额，让自己尽快看清眼前的环境。

乱糟糟的床铺，满地的漫画书和游戏本，门口堆的垃圾以及手上拿着的游戏设备，无一不在提醒她这里是她最熟悉的小屋，也是她梦寐以求都想要回到的家。

她回到现实世界了。

然而她并没有很开心。

不是说要完成终极任务，走完结局线才能回到现实世界的吗？为什么突然就回来了？还是在一个那么关键的时刻！她还没有让他听见那句话呢！怎么就回来了？！

这游戏是不是哪里有毛病，从来不按玩家的心思来！明明她都鼓起勇气告白了，结果回来了！之前那么努力通关攒分值一点用都没有！早知道这样，从一开始她逮住一个人告白就是了，何必绕了这么一大圈，还把自己的心给赔上了！

为了防止这是系统搞的另一层关卡，她从椅子上站起来，拖着发麻的双腿拉开窗帘，打开窗户，发现外面天光大亮，已经是正午时分了。

砖红色的住宅楼墙边爬满了绿色植物，小区里的爷爷奶奶热热闹闹聚在一起打牌聊天。偶尔能够听到自行车的铃声，和汽车鸣笛声混在一起。不同体积的车卡在狭窄的路上不肯相让。

空气中漂浮着别人家饭菜的香气，环境喧闹又熟悉。

路茶从乱七八糟的床上找到手机，上面的时间和地点提醒着她确实是回到了现实世界，并且已经过了一整个晚上。

她像是睡了一觉，现在天亮了，梦就醒了。

可那不应该是梦。

路茶连忙将已经黑屏的电脑重新唤醒，页面还保持在游戏开始前的进入页面。但这不能说明什么。这类游戏在结束后也会回到初始界面的。

她急切地连续按下鼠标想要进入游戏，但页面完全没有反应。

过了两秒，才出现一行小字：

对不起，游戏正在维护中……

无论她点多少次，都是这个结果。

路茶无力地靠在椅背上，终于不得不接受自己真的回来了这个事实。

新辞科技。

落地窗外的阳光洒满了整个总裁办，办公椅上的人动作缓慢地放下了游戏手柄，摘掉了眼前的VR眼镜。他掩着双眼逐渐适应光亮，揉了揉酸涩的鼻梁。

办公室的门被敲了敲，林特助进去的时候刚好看到他一脸疲惫，走路的脚步放轻了许多，然后将资料放在办公桌上，摆正。

"季总，参加游戏研讨会的人员名单都在这里了。"

季辞半转过椅子，没有立即查看，而是靠在椅背上看向林特助，问道："所有的试玩玩家都邀请了吗？"

"是的。"

季辞轻微地点了点头："我知道了。"

林特助本该直接离开，但看到季辞为工作如此劳累，忍不住彩虹屁："季总，您真是太辛苦了！一个试用端出现问题都要您亲自测试，

一遍又一遍，不辞辛劳，真的是……"

他的后半句话戛然而止在季辞冷淡的眼神中。

林特助闭上嘴，后退两步，微微鞠躬，转身飞快离开了总裁办。

真是吓死了！早知道不该在总裁刚醒来的时候多嘴，万一起床气发作，他可担待不起！

吓走了唠叨精，季辞才起身拿过厚厚一摞人员资料，一页页翻着。他的速度很快，像是在寻找什么，又像只是单纯地浏览。

直到页面上出现了一个熟悉的名字，旁边的照片显然是为了应聘拍的，死板而耿直，一双大眼睛直直盯着镜头，扎歪的丸子头有点爹毛。

季辞的脸上终于露出了一点笑容。

他轻弹纸张，叹息一声："终于要见面了。"

第十二章

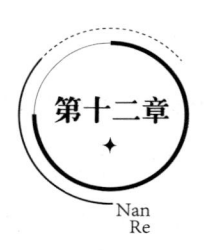

Nan
Re

我喜欢你

很早很早以前就喜欢上你了,很喜欢很喜欢你。
现在终于可以说出口让你听到了。

一个月后。

路茶是被闹钟吵醒的,第七个闹钟。

路妈妈前段时间来看她的时候被她的猪窝吓到了,坚决要求她去应聘一个新的工作,不准她再沉迷游戏。

路茶跟路妈妈解释八百遍自己玩游戏也是在工作,她是一个职业试玩,专门负责玩游戏的。但路妈妈觉得她在做梦。

没办法,路茶只好重新拍了张证件照,贴在写得满满的简历上,踏上找工作之路。

结果必然是一无所获。

中午吃饭的时候,路妈妈打电话来询问情况,她一五一十说了,路妈妈的声音穿过手机涌向她的耳膜:"废话!你简历上写的都是你玩过的游戏名称,怎么可能会有公司要你?找你去干吗?陪老板打游戏吗!我告诉你茶茶,距离过年还有七、八、九、十个月,你要么领回来一个男朋友,要么找到一份好工作,让我在你二姑八婶面前长长脸!不然你就别回来了!"

电话挂掉,路茶点的牛肉面已经干成了一坨。

她无奈地拿起筷子往嘴里塞了两口,又把筷子放下了。

太难吃了!一点都没有阿姨做的饭好吃。

路茶意识到自己的想法,微微一愣,而后扯唇一笑,拿起了不停振动的手机。

她并没有什么能够给她发消息的人，是游戏群里的消息。

何当共剪西窗烛：姐妹们，千万不要忘记今天下午的研讨会！记得穿得漂亮一点！

洛哈哈：一群程序员，有什么值得穿好看的。

齐齐哈尔：就是人多才要打扮啊！那可是新辞科技，就算是程序员，也是学历高工资高有前途的程序员。

以下显示还有超999条消息。

路茶没有往下看，关掉了聊天页面。

幸亏群里炸了，不然她真的要忘记这回事。不过她的目的和其他人不一样，她是有事情要去问。

关于游戏的事情。

下午三点，会场门口已经聚集了很多人，排起了长队，每个人都拿着手机，让门口的礼仪小姐姐扫邀请码入场。

正如群里说的那样，无论男女都穿得花枝招展，试图惊艳全场。但惊艳的多了也就不稀奇了，反倒是一身应聘装的路茶更加引人注目，还有人在窃窃私语。

路茶扶了扶眼镜，当作没听到。

进入会场后，路茶才发现这次的研讨会有多盛大。不仅前排多了很多位置，连靠近门边的地方也设立了很多桌子摆放食物。相比起其他严肃的场合，这里更像是一个宴会。

有这个看法的人不在少数，路茶听到了他们的讨论。

"怎么回事啊？新辞确实很厉害，但也没必要为了一个游戏花这么多的钱吧？"

"嘻，说起这事就好笑。你们知道'噜噜噜噜噜'吗？这次特意设立食物区就是因为他上次参加完研讨会后要求的。"

"当然知道了！就是那个在各大游戏论坛里发表差评百分百的游戏魔头，说起来新辞是受伤害最多的吧？每一款游戏他都给打了一星。"

"可不嘛，我刚开始还以为是恶意刷评，没想到'噜噜噜噜噜'竟然那么认真写了长评，每一条都一针见血，简直说出了我的心声！"

"是啊是啊！我开始也是，不过他这样还没被封杀也是厉害。"

"因为她是大神啊！"一道清丽的声线加入进来。

众人转头一看，瞧见了一个穿着职业套装的矮个子女孩，脚上一双帆布鞋，头顶丸子头，脸上架着一副古板的黑框眼镜。

没有人把她的话当真，甚至还有人嘲笑道："得了吧，我看他就是个键盘侠，现实中无处呻吟便到处打差评！"

路茶暗骂：你才键盘侠！你才无处呻吟！你长得跟个捏坏了的包子一样！

她懒得和他们一般见识，扭头想走，又被人喊住了。

"你好，请问洗手间在哪里？"

路茶一愣，扫了眼周围的指示牌，给他指了路。

那人道了谢，急匆匆往洗手间跑去了。她后知后觉，她是被人当作服务生了吗？

她看了眼自己的衣服和远处会场服务生的衣服，好像就差了一个会场的标志。

但这个也不能怪她,全天下的职业装都差不多,她也来不及换衣服,更加没有那种花蝴蝶一般的衣服。

她倒是有点想念唐沅的衣柜了。

可惜她对时尚不感冒,并不想费心费时去打扮自己。

有这时间打两盘游戏不好吗?

她撇撇嘴。

接下来的一段时间里,她不止一次被人问路,也有一些语气不大好的人让她拿饮料拿食物。一般遇到那种没礼貌的,她直接就怼回去了。

眼看研讨会要开始,最前面的几排座位已经被人占满。

路茶不想跟他们挤在一起,索性到了会场的后面,倚在桌子边,随手能够拿到食物,边吃边看。

刚咬一口蛋糕,身旁靠近了一个身影。

路茶无比熟练地应对,头也没抬:"洗手间左边直走右拐,出口往右,酒水食物自取。"末了还加上一句,"我不是服务生。"

她没精打采的声音引起了来人的轻笑。路茶觉得这声音有些耳熟,抬起头看去,对上一双深棕色的瞳孔,桃花眼微微弯着,头顶灯光照下来,里面盛满光芒。

季辞说:"你误会了,我不去洗手间,也不离开,更加没有把你当作服务生。"

路茶觉得他有些熟悉,但又说不出哪里熟悉。

但至少这是今天第一个没有把她认错的人。

路茶小声说:"抱歉。"

季辞瞥了眼她泛红的耳尖,唇边笑意更胜:"你是'噜噜噜噜

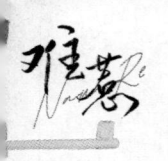

噜'吧?"

路茶被一口果汁呛到,捂着嘴疯狂摇头否认:"我不是!"

她不知道这人从哪里知道她就是打遍差评的"噜噜噜噜噜",名号虽响,但从他这么帅的人嘴里说出来总觉得别扭。

"是吗?"季辞颇为遗憾,"我是新辞的人,我有你的资料。"

这……就不好否认了。

路茶挠了挠脸,凑过去小声说:"你可不可以不要告诉别人啊?"

季辞配合地俯下身,低声问:"为什么?"

"因为会被打的。"

小姑娘一脸苦恼,头发有些孞毛,双颊粉红,嘴唇染着一层薄薄的光亮。她刚刚喝了饮料,说话间都是橙子的味道。

季辞双眸渐深,直起了身子:"保守秘密可以,但我有什么好处?"

这还能公然索贿的吗?

路茶惊呆了。

她支支吾吾,鼓起脸颊,想要指责他,却在看到他的脸时一个字都说不出。

为什么?他看起来真的很眼熟,声音也很熟悉,语气也熟稔。

可她就是在记忆中搜索不到。

季辞等了一会儿,听见路茶轻声说:"你告诉我你研发的是哪个游戏,以后我不给你打差评了。"

季辞一愣,不打差评就是好处了吗?他们公司的游戏到底有多差?

季辞也很好奇,问道:"为什么总是打差评?"

路茶有理有据地说:"鞭策游戏行业发展得更好!"

季辞不可否认她的差评都很有建设性意义,但也不至于只值一颗星吧。

"可是你知道吗?你的一次差评会让整个游戏组的员工被扣掉好几个月的奖金。"

路茶张了张嘴,想说这是正常的,可想起自己每一次都是差评,又觉得新辞的员工好惨,连奖金都没有。

她皱了皱鼻子,推锅道:"谁让你们老板不体恤员工了。"

季辞气笑了,怪他?

他没忍住揪住了路茶脑后的小丸子:"你怎么不能控制控制你的爪子少点吐槽?"

过于一致的语气终于让路茶开了窍,想起他到底像谁了。

她完全蒙住了,含着水光的眼睛转向他,试探着想要叫他的名字,可怎么都叫不出口。

因为那是不可能的。

一个游戏人物是不可能到现实世界来的。

她一定是疯了才会认为面前的人是他。

季辞见她情绪不太对劲,见好就收,像哄小孩子一样哄她:"我的意思是,你以后手下留情,给我们留点奖金。"

"好。"她干脆答应,"你能先回答我一个问题吗?"

"什么?"

"你开发的是哪款游戏?"

听出她的语气中带着隐隐的期待,季辞挑了挑眉,如实说:"《逆

袭璀璨·人生》。"

路茶眼睛一亮，又听他说："《石红》《房家的密室》《洛神惩罚》……"

路茶无语。

这不是所有都参与了吗？那就直接说全部啊！非要给她个希望又打碎吗？

算了。

路茶知道自己异想天开，自暴自弃地问："你们研发《逆袭璀璨·人生》的时候有没有遇到什么很大的漏洞？有些奇怪的那种？"

一阵掌声传来，研讨会已经开始。主持人上台讲话，接下来就是总裁发言的环节。

季辞望了一眼台上，还不想那么快在路茶面前暴露自己的身份。

他只好说："有，但这件事情只有我知道，我们两个换个地方谈吧。"

路茶警惕心很强，哪怕面前的人容貌俊朗，又给她很熟悉的感觉，她也不会随便跟陌生人走的。小时候路妈妈就总教导她，坏人不会长着一张坏人脸，都是先套近乎取得信任再骗人骗心的！

她摇摇头："不了，就在这里说，他们听不到。"

"这里不方便。"

路茶后退了两步，是不方便，不方便你作案吧！

"你不想说就算了，我不跟你走。"

季辞心说：你这时候开始警惕是不是晚了点？小聪明都用在不该用的地方上。

他气结，索性伸手去拉她，被她躲开。

路茶像只奓毛的小母鸡："我警告你，这里这么多人，你不要乱来！"

季辞无奈，脱口而出："茶茶，你别闹。"

路茶用双臂挡住胸口："你还知道我的名字！你果然早有预谋！"

季辞也无语了。

这孩子脑洞太大不好管可怎么办？

他想解释，往前了一步。追光灯在这时打了过来，准确照在他们两人的身上。

主持人用慷慨激昂的声音宣布："接下来有请我们新辞科技的总裁，T市最优秀的英年才俊季辞，季总！上台讲话！"

雷鸣般的掌声袭来，路茶却一点都听不到，只有主持人的话在耳边不断地回荡。

季辞本来是想要和路茶好好谈谈的，现在也只能延后。他又气又无奈，长出了一口气，抬手弹了发呆的她的额头一下。

怕她跑了，他走了几步后又转回身，提醒她："等我。"

路茶已经完全蒙住了，眼看着季辞上台发言，一举一动都像极了记忆中的那个人。

原来不是错觉，也不是幻觉，更加不是梦。

他真的……来找她了？

"没有！"

路茶坐在总裁办的沙发上，对面是唾沫满天飞的林特助。她在林

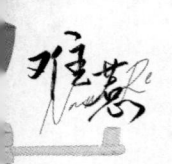

特助说出第二句话的时候便把咖啡放回了桌上,此时又往后坐了坐,以免被当花浇灌。

"游戏出现问题的第一时间,季总便要求我们检索程序,但完全找不到问题。最后还是季总亲自出马,用之前的卧底账号潜进了游戏里,找到了漏洞。只是这个漏洞修复很费时间,让路小姐深受损失,我们也很抱歉。"

季辞找到的漏洞,该不会是她本人吧?

路茶游戏打的多,面对客服身经百战,听多了类似的话。好似公司是干了很多事,实际上什么都没解决。

她冷静地发问:"为什么游戏中途突然回到现实了?"

林特助一噎:"这个……我们也不太清楚,可能是游戏系统不大稳定的原因。我们真的在极力修复漏洞,但谁能想到还没修复成功,您先回来了呢!现在游戏已经在重新整改了,您放心,绝对不会再出现这种情况了!"

再出现?那你们公司怕是真的要开不下去了!碍于季辞的面子,路茶呵呵两声,没当面怼回去。

她看向距离"战火区"远远的,装作看文件的季辞,皮笑肉不笑地说:"您可真是找了一个好员工!"

季辞也没想到嘴皮子一向利落的林特助这次竟然把能力全部用在了拍马屁和推卸责任上。

他揉了揉发胀的太阳穴,挥手让林特助出去。

研讨会后,季辞便把路茶带到了办公室想要好好解释一下事情的经过,没想到林特助自告奋勇揽下了这个活儿,反而越描越黑,让路茶误会季辞是个奸商。

浪费了时间不说，小姑娘更加生气了。

季辞没办法，只好亲自出马，来到路茶身边坐下："茶茶……"

"别叫我！我可不认识您这么厉害的人物！"

还T市最优秀的青年才俊，呸！就是一个骗人骗心的骗子！什么漏洞啊！说不定就是他用来勾搭小姑娘的工具！把游戏用在这方面真是太过分了！

季辞没想到路茶脾气这么倔，还干脆装作不认识自己了，一时噎住，不知道该如何下手。

路茶等了一会儿没听到他的声音，梗着脖子转过头来对上他无奈的眼神，又把头扭了过去。

一点诚意也没有！哄人都不会！以前不是挺会撩人的吗？果然是骗子！

又等了好久，路茶自己坐不住了，想要回头去质问他，却没想到，一转头便对上他含笑的眼睛，接着身体一轻，落入了他的怀里。

路茶下意识挣扎："你别占我便宜！"没有系统要求，她才不要那么轻易原谅他！

季辞将她按在怀里，低声威胁："再乱动我亲你了。"

臭流氓！

路茶心里骂着，终究是不敢乱动。路茶安分待在季辞怀里，感受着他逐渐加速的心跳，抿了抿唇。

什么嘛，结果还是和游戏里一样傲娇。

她忍着笑，终究是消了气。

其实她也不是生气,只是她回到现实世界太突然了,好不容易接受了现实,打算忘掉游戏中的点滴,他又突然出现说自己不是游戏人物,是货真价实的人!

信息量太大,她需要时间缓缓。

路茶抬手揪住了他的衣服,小声抱怨:"季辞,你欺负人!"

"哪有?"

"你明知道我被困在游戏里,不救我还让我讨好你,到处占我便宜。"

反咬一口向来是路茶的拿手好戏。

季辞习惯了,捏了捏她的脸,笑道:"提醒你一下,是你自己选择的我。"

哼,不管,就是他的错!

路茶窝在他怀里,回忆起游戏里的经历,终于知道为什么他总是高深莫测的样子,为什么总是能知道她心里所想,总是能够第一时间到她身边帮她。可不就是一个无敌的外挂呢!

还说什么"你怎么知道我了解的不是真实的你呢",分明就是知道她身份故意不说,吊着她胃口!

路茶想着,动了动脑袋。

季辞被她蹭得有些痒:"别乱动。"

路茶无辜:"我不舒服啊……"

他是美人在怀了,可她颈椎受不了。

季辞注意到她的姿势,只好放开她,帮她捏了捏脖颈。

路茶半阖着眼睛,跪坐在沙发上,跟小猫一样,毫无罪恶感地享受着季辞的按摩,还在心里评价:手法不错,力度适中,不开公司也可以开一家按摩店,绝对生意火爆。

季辞看她表情就知道没想好事,状若无意地问道:"说起来,你当时要和我说什么来着?"

路茶倏地睁开眼睛,缩回脖子,结结巴巴地反问:"什么说什么?"

季辞好脾气地提醒她:"婚纱店,试衣间,你要和我说什么?还非要我闭上眼睛。"

当然不能说是告白!

路茶揉着后颈,不敢和他对视:"不记得了,有这回事吗?"

季辞不难为她,将她捞回来,按坐在腿上。路茶没料到会有这么亲密的姿势,浑身僵住,生怕季辞兽性大发,做出点什么来。

——主要是她怕自己控制不住。

季辞没有注意到她的想法,揽着她的腰,寻着她的眼睛如实说道:"你没话说,我有。"

路茶不敢抬头看他,默默咽了下口水:"什么?"她怕季辞下一句便是脱口而出的"我喜欢你",但更怕他不说。

她知道自己样貌不算出众,身材也很普通,唯一拿得出手的只有游戏战绩,曾经差一点达到省队标准,却因生病棋差一招。

家里人都知道她沉迷游戏,却不知道她为什么不肯放弃。

因为放弃了,她就真的什么都不会了。

这样的她,放在人群堆里找都找不到,要不是游戏,她怎么可能会认识季辞,又怎么可能获得他的青睐呢?

颤抖的睫毛和手出卖了她的忐忑。

第十二章 · 我喜欢你

季辞握住了她的手，十指扣住，晃了晃："别乱想。"

她点点头，又摇摇头。

活像个拨浪鼓。

季辞被逗笑，蹭了下她的额头。

"茶茶，记得五年前的那次比赛吗？"

路茶茫然抬起头，不知道他为什么提起这个。

季辞看到她眼底的那点无措，喉咙轻动，说了三个字："对不起。"

路茶有些不解："道什么歉啊？"

"你知道当时赢你的人是谁吗？"

"知道啊！T市的天才计算机少年，三岁的时候就爬上电脑，据说打出了一堆代码！十岁的时候获得了青少年计算机大赛的冠军，十五岁的时候优先被国外大学录取。"

一个神童的故事，她听得多了，早就背了下来，不过这几年确实没听到过那人的消息了。路茶一直觉得这里面掺假的成分高，但和她无关也懒得管。唯独那次比赛，她重感冒输掉，蒙眬间看到觥筹交错下的少年意气风发。

嫉妒得很。

季辞看起来是有些抱歉的，但眼尾的得意让路茶觉得这其中有猫腻。她皱了皱眉，把手从他掌心抽了出来。

她有了猜测："该不会当初那条狗是你吧？"

季辞微笑："不是。"

见路茶松了口气，季辞接着说："是我弟弟。"

"……"

这人的臭不要脸已经登峰造极。

路茶咬了咬牙:"所以呢?你想说什么?"难道只是为了重提往事羞辱一下她吗?

她眼神愤愤,季辞笑了笑:"想不想压他一头?"

路茶觉得这是个圈套,但还是问道:"怎么压?"

季辞低头,在她唇上亲了下:"成为他的嫂子,让他打游戏输给你。"

太无耻了吧!

路茶不认同:"你凭什么亲我?"

季辞不以为意地说:"凭我喜欢你。"

路茶不吱声了。

她在现实世界没有在游戏中的胆量,被季辞的直率噎得无话可说。

半响,她讷讷地问:"季辞,你知道我当时想要说什么吗?"

"知道。"

路茶抬眼,撞进他的眼里,听到他说出自己的心声:"我喜欢你。"

路茶计谋得逞,笑得露出小虎牙:"原来你这么喜欢我啊!"

一遍不够,还要说两遍。

季辞反应过来,刮了下她的鼻子:"所以我的答案呢?"

"什么答案?"

"什么时候给我名分?"季辞陈述出之前的问题,他认真的语气让路茶想起了那天晚上的月光。

她眸子一弯,在他嘴角轻轻印了一下。

其实她很早就给了答案。

那时候她表面的仓惶、内心的纠结都在他的掌握之中,他怎么可能不了解呢。

当时是因为游戏设定想要一个承诺,而现在,只要她在他身边,其他的都不那么重要了。

季辞轻声笑:"讨好我?"

路茶摇摇头:"是喜欢你。"

很早很早以前就喜欢上了,很喜欢很喜欢你。现在终于可以说出口让你听到了。

番外

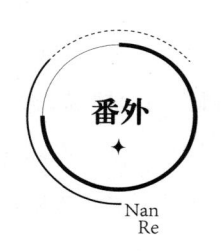

Nan Re

赢一次亲一下

———— ●●●● ————

"换个地方就可以了？"

自家老板和"差评魔女"在一起的事情很快传遍了整个新辞科技。

每个借着工作由头路过《逆袭璀璨·人生》游戏组办公室的人，回来都会说一句话："样貌挺乖巧的，敲键盘的手速暴露了她的身份。"

路茶得知这个评价后闷闷不乐，拽着季辞的衣服要讨一个说法。

"什么叫样貌挺乖巧的，难道我的长相就没有其他的地方可以夸奖了吗？"她说着摘下了眼镜，扑闪着大眼睛接近季辞，像是要证明给他看。

她的可爱当然是要摘下眼镜才能被发现的。

和游戏中唐沉的类型不同，路茶的脸要圆一些，也更加讨喜。不施粉黛的脸上满满都是胶原蛋白，气闷鼓起的脸颊像是颗莹白的汤圆，让人忍不住想要动手戳破它。

季辞察觉到自己不大正经的想法，从她脸上收回视线，装模作样咳嗽了一声："不是还有后半句话吗？"

提起这个，路茶更加生气了："那句更不像是在夸人。"

看来她也知道自己总打差评的行为令人发指。

季辞倍感欣慰，摸摸她的脑袋安慰她："放心，以后你是总裁夫人，没人敢随意评价你。"

路茶是一本正经在和季辞谈论这个问题的，没想到他会忽然提到这个词，脸颊迅速腾起一层红色，慌张的小眼神四处乱扫，确认员工们都在做自己的事情没有听到他们的对话后，才小小地松了口气。

她粉嫩的嘴唇微微张开，抬手捶了一下季辞："谁是总裁夫人！"

季辞眼疾手快接住她的小拳头，迫使她张开手掌和他交握，微微用力，直接将人带到了腿上坐着。

温热的手掌落在她腰间，西裤和她的腿摩擦生出微微热意。路茶觉得莫名羞耻，坐立难安，下意识想要逃离，却被他扣得更紧。

季辞语气不满："你跑什么？"

"当然是因为这里是办公室啊！"还有那么多的员工在工作，你身为老板谈情说爱就算了，还当着员工的面卿卿我我，是不是有些过分了？

然而路茶的抗议显然被季辞误解了意思，他压低嗓子笑了声，故意凑近她的耳畔，几乎是贴着她的耳朵在说："换个地方就可以了？"

路茶感觉耳朵跟着了火一样，被他若有似无碰过的地方燎得寸草不生，只剩他的话还回荡在耳边，品出一点别样的意思来。

她跑也跑不掉，浑身都因为害羞而染上了一层薄粉色，跟掉进了狼窝里的兔子一样，被吓得结结巴巴："你、你、你能不能正经一点！"

季辞嘴角勾起一丝得逞的笑意，故意问："我是说换个地方陪你打游戏，你想什么呢？"

路茶郁闷了。

就知道骗人，他什么时候说打游戏了？

她不甘示弱，"哼"了一声："我也是说打游戏啊！你以为我在想什么？"理直气壮的样子仿佛她真的没有在想那些乱七八糟的事情。

季辞无奈地笑了笑，带着她到了试玩室。

这是一个比较宽大的房间，遮光的窗帘被随意拉开，阳光倾泻进来，打在墙面巨大的屏幕上。地面铺着厚厚一层泡沫板，各种颜色交杂拼接，上面散落着几个抱枕，都是游戏的衍生物。

游戏硬盘和手柄一同归置在角落的长桌上，全部都是新辞出过的游戏，整整齐齐码了一排。而另一堆不属于新辞的游戏则被归类到一个长方形的盒子里，用标签表明了出产公司和游戏类型。

路荼一进门就傻了眼，兴奋地扑到长桌前挑选游戏。雀跃从脸上蔓延到指尖，手指划过每个游戏外壳，她能够感受到最直接的吸引，仿佛能够和它们灵魂相接。

季辞没有干扰她，任由她独自兴奋了一会儿，起身到窗边将窗帘拉上。

明亮的房间骤然昏暗，路荼的笑容僵在了嘴边。

他该不会想要做什么吧？

季辞转头看到她警惕的眼神，目光无奈："要打开投影仪当然要拉上窗帘，你还说你没乱想。"

路荼抽出喜欢的游戏盘小跑到他身边找了个舒服位置坐下，一扬下巴："没有！我也是这么想的！"

"是吗？"季辞存心要给她挖坑，在她拿过抱枕遮住双腿落座后，手臂挨着她，微微倾身过去，"那你猜猜我现在在想什么。"

路荼知道他不怀好意，坚决不入陷阱："管你在想什么，一会儿输了游戏可别哭！"

她将游戏塞入他怀中，是最经典的拳皇，格斗类游戏，她的启蒙之作，从小玩到大，打遍小区无敌手。

季辞不知道该说她缺根弦呢，还是该说她单纯。哪有人和男朋友打游戏会选择唯一一盘格斗游？这不是打算谈恋爱，而是打算做兄弟啊！

打游戏只想着赢怎么行？

季辞制定了游戏规则：赢一次亲一下。

路茶就知道他没安好心。

既然季辞这么上赶着找虐，路茶也不客气了，答应了这个规则，铁了心要给他点颜色尝尝，让他知道在游戏这条路上谁才是老大！否则他一天到晚想着占她便宜，她岂不是得不偿失？

达成一致后，两人成功开启了游戏。

十分钟后，游戏结束的音乐响起，路茶呆呆看着自己选择的人物四仰八叉躺在地上，心情十分复杂。

就这个出其不意的手法可以看出他和他弟弟绝对是亲生的！

这次是她轻敌了。

路茶愿赌服输，转过身正襟危坐面对季辞，闭上了眼睛。

季辞看着她那副委屈的模样就好笑，之前明明是她一直扒着自己不放手，出了游戏就不认账，亲一下都这么勉强，不知道的还以为他逼迫良家妇女了。

他拍了拍路茶的脑袋："先欠着。"

路茶睁开眼，狐疑地打量他："你有这么好？"

季辞微笑："不好，一会儿让你加倍还回来。"

路茶："你想得美！"

这次她严阵以待，握紧手柄"噼里啪啦"按着键，却还是在最后一刻功亏一篑。

眼看着季辞连赢两把，心知不好的路茶先发制人将手柄一丢，扯着他的衣服耍赖："你欺负人！别人家的男朋友都知道让一下，你怎么就知道赢我？"

季辞冷哼一声："别人家的女朋友可不会在游戏里利用完人连个名分都不给。"

敢情他还在介意这件事情？

在游戏世界的时候，路茶是因为唐季两家的关系才不敢公开和季辞的关系的，到后期也算是给他一个名分了，只是没有明说。

回到现实世界后，两人虽然在一起了，但毕竟对真实的彼此还不算了解，她确实没打算太早带他回家的。

她也怕万一季辞某天发现她有什么小怪癖接受不了怎么办。

不管是游戏还是现实，季辞都是那个更加耀眼的人，而她除了玩游戏一无是处，现在顶多是不那么经常给他的公司打差评了，算是对男朋友的偏爱。

路茶试图辩解："游戏里那是特殊情况……"

"所以你是不打算给了？"

路茶明显感受到身边人的情绪不如之前好，语气虽然平缓，但显然是傲娇本性犯了，心中介意得要死，就是不肯直说。

他这样的性格只能她先示弱，于是路茶扒着他的胳膊晃："我不是那个意思嘛……我是觉得我们两个进展太快了。"

这话一出口，季辞脸色更差了。

他们两个回来后除了那两个吻就没有再做过什么更加逾矩的事情了,而且他只要提起接吻这件事情都要被她骂不正经。

哪里有个谈恋爱的样子!

季辞越想心越堵,掰下路茶的手将游戏手柄丢掉。

路茶见他真的生气了,也顾不得什么游戏,连忙抬起他的手臂钻进他怀里,上身挺直靠近他,在他嘴角印下了一个吻。

"好啦,都听你的好不好?你想什么时候去见我父母就去见,我现在就给我妈打电话让她准备!"

季辞没有说话,但脸色缓和了些。

路茶知道他就是要让人哄,一边好笑地看着他,一边拿出手机翻找路母的聊天框。还没往下滑几下,手指忽然被人按住了。

她仰起头。

季辞的瞳孔幽深,从窗帘缝隙中偷溜进的光线打在他的侧脸上,连睫毛都沾染了一层柔色。

他手掌顺着她的手腕缓缓上移,摩擦布料的声音细碎,经过的地方撩起一片绯色。

在路茶以为他要做什么的时候,季辞却只是握住了她的肩膀将她揽进怀里,下巴在她头顶眷恋地蹭了蹭,声音少有的低闷:"茶茶,我并不是在逼你做些什么,只是,我也有些怕。"

他似乎是不知道该怎么说,停顿了几秒,路茶感受到他胸口因为紧张而加速的起伏,抿了抿唇。

"你知道我们两个的相遇和相处都不在现实,我也怕你会因为我真实的一些反应而厌弃我,更喜欢游戏中的那个季辞,所以才想要更

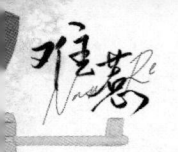

快地获得你的认可,甚至是你家人的认可。说我卑鄙也好,我就是想要把你留在我身边。"

哪怕我们的相遇是一场意外,经历的一切也都并非真实,但幸好,在现实中我们仍然可以重逢,还有很多时间去做更多的事情,而非一到结局便结束。

我们的未来还很长,任何的摇摆不定都会让我心生恐慌,所以我也想要你和我一样坚定不移地面对这份喜欢。

路茶听着他沉稳有力的心跳声,感受到那些与他相似的担忧逐渐烟消云散,心脏被一点点填满,她的世界中只容得下他一个人。

两个人这么抱了好一会儿,直到路茶的腿微微发麻,她才从季辞的怀里出来。

季辞作为"罪魁祸首",很识趣地将她的腿搭到自己的膝盖上,力度合适地给她揉腿。

路茶享受着女朋友该有的待遇,已经没有之前那么害羞了。

以后总要习惯的,他们还有好多事情要去做。

想到玩游戏输掉的两个吻,路茶心血来潮,扯着季辞的胳膊将他拉过来:"要不要还债啊?"

季辞微微挑眉:"我还?"

本打算反调戏的路茶一时语塞,难不成还她来吗?

知道路茶的脸皮薄,是做不出这样的事情的,季辞浅浅笑了笑,扣住她的手腕将她反压在身下,一点一点靠近,在抵上她鼻尖的同时哑着嗓音问她:"准备好了吗?"

路茶既期待又胆怯，想要闭上眼睛，却不舍移开望着他的目光。

听见他的话，她更紧张了，抬腿踢过去："这种事情不要问啊！"

季辞轻笑一声，握住了她的小腿，拉近的同时低头吻上了她。

和之前的两次浅尝辄止不同，这次季辞试图更进一步去攻略更深的营地。

他的节奏温柔得让人想要沉溺，却按着她的手腕不肯放，甚至还微微用力。她下意识地挣扎，却无力反抗。

不知道过了多久，他才从她泛着红光的唇上移开，眼中墨色浓郁，始终不舍得放开她的手。

路茶微微喘息着，心跳声难以平静，脸颊上是自然染上的绯红，一路红到耳垂，鲜红欲滴的，让人想要采撷。

季辞终究是没忍住，再次低下头轻轻咬了下她的耳垂。

触电一般的感觉瞬间传遍全身，路茶轻呼一声，想要避开，却被他按着头重新亲上，勾着她缠绵。

她的试图反抗也被他一并吞下，变成了小小的呜咽声，毫无说服力。

男人一旦得到了某种好处便开始不断掠夺，丝毫不顾及她的意愿。到了最后，路茶被他压红的手腕无力地垂在地上。他轻轻把她捞到怀中，抚了抚她的后背。

路茶连说话的力气都快没有了，小声嘟囔着谴责他："亲就亲了，还咬我！狗一样！"

季辞笑着捏了捏她发烫的脸，嗓音勾人："你不喜欢？"

"你闭嘴！"

路茶羞得只想打他,奈何手臂无力,只好转头在他锁骨上咬了一口。

以牙还牙,以牙印还牙印。

季辞没吭声,搂着她的手臂紧了紧,任由她咬到满意。

路茶当然也舍不得咬得太重,差不多就松了口,用季辞的衣领蹭掉了口水,很满意地拍了拍:"以后你再要咬我,我就咬回来!"

季辞眼中带笑:"任君处置!"

路茶意识到自己的反抗丝毫得不到应有的"尊重",气得拿起手边的抱枕砸向他的脸:"你!很!讨!厌!"

全 文 完

难惹
Nan Re